www.ingramcontent.com/pod-product-compliance
Lightning Source LLC
LaVergne TN
LVHW021054100526
838202LV00083B/5847
9788119889587

نئی ندی

(سائنس فِکشن کہانیاں)

ایم مُبین

افسانہ پبلی کیشن
تھانے ۔ مہاراشٹر

© M. Mubeen
Nayee Nadi (Science Fiction Stories)
By : M. Mubeen
Afsana Publication,
(Thane) Maharashtra, India
2nd Edition : October 2024
Printer : Chitra Printing Press, Bhayandar - Thane
ISBN : 978-81-19889-58-7

کتاب کا نام : نئی ندی
(سائنس فکشن کہانیاں)
مصنّف : ایم مُبین
سرورق : انور مرزا /CreativeCanvas/ Gordon Taylor
اشاعتِ دوّم : اکتوبر ۲۰۲۴ء
ناشر : افسانہ پبلی کیشن
میرا روڈ۔ تھانے (مہاراشٹر) 401 107
موبائل : +91 90294 49173
مطبع : چترا پرنٹنگ پریس، بھائندر۔ تھانے
موبائل : +91 81698 46694
آئی ایس بی این : 978-81-19889-58-7

افسانہ پبلیکیشن
Afsana Publication
Nooh - 54, Room No.903, Opp. Kokan bank, Station Road,
Mira Road - 401 107 - Dist. Thane, Maharashtra, India

فہرست

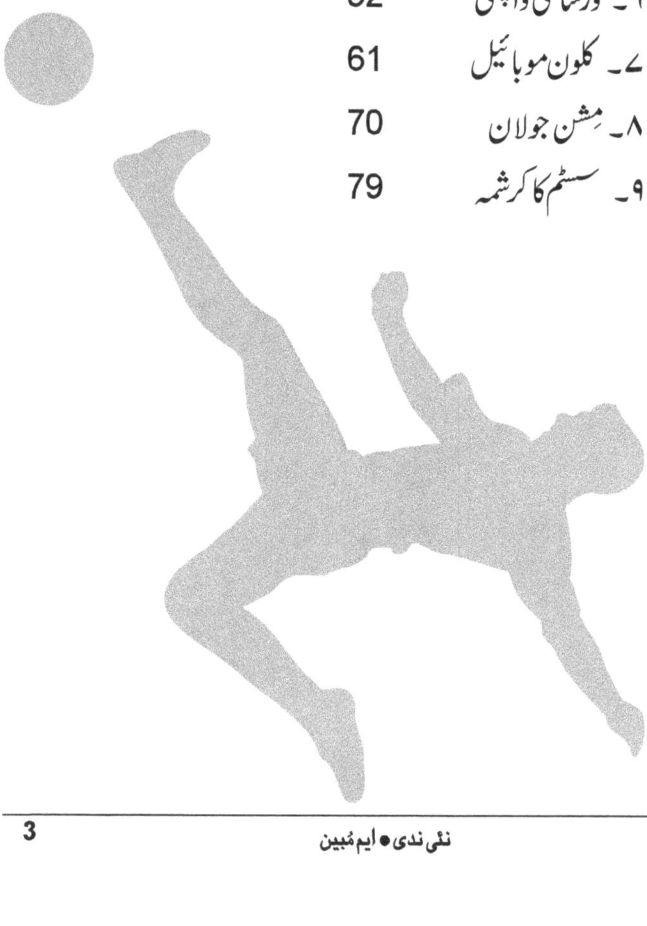

اپنی بات

''نئی ندی'' پیش خدمت ہے۔

اردو میں سائنس فکشن کہانیوں کا بچوں کے لیے یہ میرا تیسرا مجموعہ ہے۔اس سے قبل دو مجموعے 'خلائی سفر اور دوسری کہانیاں'' اور ''مشن اوزون'' شائع ہو چکے ہیں۔

میں اس سے قبل لکھ چکا ہوں کہ آج کے دور میں سائنس فکشن لکھنا بہت مشکل کام ہو گیا ہے۔ اگر کہانی میں کوئی بھی غلط سائنسی اصول پیش کیا گیا تو قارئین فوراً اسے انٹرنیٹ پر گوگل کی مدد سے ڈھونڈ سکتے ہیں اور اس کی صحت پر انگلی رکھ سکتے ہیں۔ اس لیے اس موضوع پر قلم اٹھاتے ہوئے قلمکار کو بہت محتاط رہنا پڑتا ہے۔

ابھی تک یہی ایک مسئلہ تھا مگر اب دوسرا مسئلہ بھی سامنے آ رہا ہے۔

سائنس کے میدان میں اتنی تیزی سے ترقی ہو رہی ہے اور اس میدان میں تبدیلیاں آ رہی ہیں کہ جب تک کسی موضوع پر لکھا جائے اور وہ شائع ہو کر قارئین کے ہاتھوں میں پہونچے تب تک اس میں کافی ترقی ہو چکی ہوتی ہے اور قلمکار کی بیان کردہ بات پرانی ہو چکی ہوتی ہے۔

اس مجموعہ اور آنے والے مجموعوں کو بھی شاید اس بات کا سامنا کرنا پڑے۔ کیونکہ ان کہانیوں کو لکھے ابھی صرف چھ مہینے ہی ہوئے ہیں لیکن زمانہ کافی آگے نکل چکا ہے۔ اس لیے ممکن ہے کسی کہانی کا موضوع چھ ماہ قبل جب وہ لکھی گئی تھی بالکل نیا اور اچھوتا تھا لیکن آج وہ پرانا، روایتی اور بوسیدہ ہو چکا ہے۔

خیر کہانی، کہانی ہوتی ہے، اس کو کہانی کی طور پر ہی پڑھ کر لطف لیا جانا چاہیے۔ اور لیا جاتا ہے۔ آج بھی سند باد۔ حاتم طائی، الف لیلہ کے قصوں کو دلچسپی سے پڑھا جاتا ہے۔ جدید سائنس اور تحقیقات کی روشنی میں تو ان میں بیان کردہ کوئی بھی بات، واقعہ حقیقی زندگی میں پیش آنا ممکن ہی نہیں۔ لیکن ان میں جو دلچسپی اور کشش ہے آج بھی قارئین ان باتوں کو نظر انداز کر کے ان کو پوری دلچسپی سے پڑھتے ہیں اور لطف اندوز ہوتے ہیں۔

جہاں تک سائنس کا معاملہ ہے ہمارے یہاں اس موضوع پر قلم اٹھانے والے پہلے بھی کم تھے اور آج بھی کم ہیں۔ جنہوں نے لکھا انہوں نے ہلکے پھلکے انداز اور موضوعات پر قلم اٹھایا ہے۔ لیکن گہری سائنسی معلومات آج کے انفارمیشن ٹکنالوجی کے اس ترقی یافتہ دور میں بھی بچوں اور لوگوں تک نہیں پہونچ پا رہی ہے۔ اس لیے آج سنجیدگی سے اس بارے میں سوچنے اور قلم اٹھانے کی سخت ضرورت ہے۔

دوسری ایک اہم بات یہ ہے کہ ہمارے قارئین بھی اس طرح کی چیزیں اس شوق سے نہیں پڑھتے ہیں جس شوق سے وہ دوسری چیزیں پڑھتے ہیں۔

اگر اس طرح کی چیزیں پڑھنے والا ایک طبقہ وجود میں آجائے تو ظاہر سی بات ہے ان کے مزاج اور معیار کی تحریریں ان تک پہونچانے والے ادیبوں کا بھی ایک طبقہ وجود میں آجائے گا اور اس طرح اس قسم کی بہتر چیزیں تخلیق ہوں گی۔

سائنس کے ذریعہ روزانہ نئی نئی تبدیلیاں وجود میں آرہی ہیں اور اب تو ایک ایسی تبدیلی سامنے آئی ہے جس نے بقائے انسانی کے لیے ایک مسئلہ کھڑا کر دیا ہے۔

کیونکہ صرف سات آٹھ ماہ قبل مصنوعی ذہانت کی شکل میں ایک ایسی تحقیق سامنے آئی ہے جس نے ماہرین کو سکتے میں ڈال دیا ہے اور ہر ماہر کا ماننا یہ ہے کہ اگر اس کو روکا نہیں گیا، اس کے استعمال پر مناسب پابندیاں نہیں لگائی گئیں تو یہ انسانوں کے بقاء کے لیے مسائل کھڑی کر سکتی ہے۔ آج مشینیں انسانوں کی غلام ہیں، کیونکہ انسانوں نے

انہیں بنایا ہے۔لیکن اب انسان نے ہی ایک ایسی چیز بنادی ہے جوآئندہ انسانوں کو ہی غلام بناکران پرراج کرسکتی ہے۔

انسان خوداپنی طرف سے مسائل پیدا کرتا ہے دوسروں کو پریشان کرنے کے لیے اور بعد میں خود پریشان ہوکران مسائل کاحل تلاش کرتا ہے ان مسائل اوران سے پیدا شدہ پریشانیوں سے بچنے کے لیے۔

اس کتاب میں شامل کہانیوں اورآئندہ شائع ہونے والی کہانیوں کا موضوع یہی ہے۔لیکن میں نے کوشش کی ہے کہ ان سے مایوسی اوردہشت کا ماحول نہ پیدا ہو۔انسان اشرف المخلوقات ہے۔اگراس کی بنائی کسی چیز کے غلط استعمال سے کوئی مسئلہ پیدا ہوگیا ہے تو اللہ تعالی نے اس میں ایسی صلاحیتیں بھی دی ہیں کہ وہ ان صلاحیتوں کا استعمال کر کے کوئی حل نکال کران سے نجات بھی حاصل کرسکتا ہے۔

میں اپنی کوشش میں کہاں تک کامیاب رہااس کا فیصلہ آپ ہی کر سکتے ہیں، بہت جلداس سلسلے کی اگلی کتاب لےکرآپ کی خدمت میں حاضر ہونے کا موقع ملے گا۔

اس کتاب کی اشاعت کے سلسلے میں حافظ ولی محمد خان نے جو دلچسپی دکھائی اور تعاون دیا اس کے بنا اس کتاب کی اشاعت ممکن ہی نہیں تھی۔اس کے لیے میں ان کا ممنون ہوں۔

ایم مُبین

کلاسک پلازہ۔تین بتّی۔کھڑک روڈ

بھیونڈی ۴۲۱۳۰۲

ضلع تھانہ(مہاراشٹر)

موبائل:۔9322338918

۲۰ مارچ ۲۰۲۴ء

چاند پر فٹبال میچ

انزل کئی دنوں سے محسوس کر رہا تھا کہ اس کے والد اقبال صاحب ان دنوں سخت پریشان نظر آ رہے ہیں۔

ایک دوبار دبے لفظوں میں اس نے پوچھا بھی۔

''ابا کوئی مسئلہ؟''

''نہیں، ایسی کوئی بات نہیں ہے۔'' کہہ کر اس کے والد نے شاید بات ٹال دی۔

لیکن انزل کا دل مطمئن نہ ہو سکا۔ وہ مسلسل اپنے والد کے چہرے کا جائزہ لے کر ان کی پریشانی کو سمجھنے کی کوشش کرتا رہا۔

لیکن معاملہ کیا ہو سکتا ہے؟ وہ اندازہ نہیں لگا سکا۔

آخر جب اس سے برداشت نہیں ہو سکا تو اس نے اپنے والد سے ایک بار پھر پوچھا،

''ابا! آپ مجھے کئی دنوں سے کچھ پریشان پریشان سے لگ رہے ہیں۔ معاملہ کیا ہے، آخر مجھے بتاتے کیوں نہیں؟ آپ کس بات سے پریشان ہیں؟''

''بات ایسی ہے کہ تمہیں بتا کر بھی کوئی فائدہ نہیں۔'' اقبال صاحب ٹھنڈی سانس لے کر بولے، ''بزنس کا معاملہ ہے۔ اگر تمہیں بتا بھی دوں تو تم میری کوئی مدد نہیں کر سکتے۔ تم ٹھہرے سائنس کے آدمی اور یہ خالص بزنس کامرس کا معاملہ ہے۔''

''ایسی بات نہیں ہے ابا۔'' نزل نے ان سے کہا، ''اب ضروری نہیں کہ میں

اگر سائنس کا طالب علم ہوں تو بزنس کو بالکل نہ سمجھ سکوں۔ ممکن ہے میں کوئی ایسا راستہ نکال لوں جس سے آپ کا مسئلہ حل ہوجائے۔''

''تو ٹھیک ہے۔ میری پریشانی کی وجہ آج میں تم کو بتا ہی دیتا ہوں۔'' اقبال صاحب نے کہا، ''تم جانتے ہو میرا سارا پیسہ خلائی جہاز کی کمپنیوں میں لگا ہے وہ کمپنیاں جو خلائی جہاز بناتی ہیں یا وہ کمپنیاں جو خلا میں مسافروں کو لانے لے جانے کا کام کرتی ہیں''

''ہاں مجھے یہ علم ہے۔'' انزل نے جواب دیا۔

''اور اس بزنس میں میرا اربوں روپیہ لگا ہے۔'' اقبال صاحب بولے، ''صرف میرا نہیں دنیا میں اور بھی بہت سے ہزاروں لوگ ہوں گے جنھوں نے اس بزنس میں اربوں روپیہ لگائے ہیں۔ ایسی دس کمپنیاں ہیں جن میں میں نے پیسہ لگا رکھا ہے۔ ان میں سے آٹھ کمپنیاں خلاء میں مسافر برداری کا کام کرتی ہے اور دو کمپنیاں خلائی جہاز بنانے کا۔''

''اچھا پھر...؟''

''لیکن اس بات کا شاید تم کو علم نہیں ہے۔ گذشتہ دو سالوں سے اس بزنس کو سخت مندی کا سامنا کرنا پڑ رہا ہے۔'' اقبال صاحب بولے، ''دو سال پہلے تک لوگوں کو چاند پر جانے کا جنون تھا۔ روزانہ سینکڑوں ہزاروں لوگ چاند پر آتے جاتے تھے اس لیے ان خلائی کمپنیوں کا دھندہ اچھا چل رہا تھا جو اپنے خلائی جہازوں سے لوگوں کو چاند پر لے جاتی تھیں یا وہاں سے ان کو لاتی تھیں، دھندہ اچھا چل رہا تھا تو نئے خلائی جہازوں کی بھی بہت مانگ تھی، وہ کمپنیاں جو خلائی جہاز بناتی تھیں ان کا بھی دھندہ اچھا چل رہا تھا اور وہ بھی اربوں روپیہ کما رہی تھیں لیکن جب سے یہ جنون ختم ہوا۔ دونوں کا دھندہ ٹھپ ہو کر رہ گیا ہے، اس میدان میں کمپنیاں ہر سال اربوں روپیہ کا نقصان اٹھا رہی ہیں جس کی وجہ سے ان کے شیئر کی قیمتیں تیزی سے گر رہی ہیں اور سرمایہ کاروں کو اربوں کا نقصان اٹھانا پڑ رہا ہے۔''

’ہاں یہ تو بڑی تشویش کی بات ہے؟ لیکن یہ مندی کس طرح دور ہوگی اور کمپنیاں کس طرح دوبارہ نفع کمانے لگیں گی اور سرمایہ کاروں کا سرمایہ محفوظ ہوگا؟‘‘ انزل نے پوچھا۔

’’اگر دوبارہ لوگوں میں چاند پر جانے کا جنون لوٹ آئے تو پھر اس دھندے میں پیسوں کی برسات ہونے لگے گی لیکن لوگوں کا چاند پر جانے کا یا خلائی سفر کرنے کا جنون جیسے ختم ہوگیا ہے۔ ہم سے برے حال تو ان لوگوں اور کمپنیوں کے ہیں جنھوں نے چاند پر لوگوں کے ٹھہرنے کے لیے ہوٹلیں اور دیگر سہولتیں فراہم کرنے والے بزنس کھول رکھے ہیں۔ لوگ چاند پر نہیں جا رہے ہیں اس لیے وہ ساری ہوٹلیں خالی پڑی ہیں اور کاروبار ٹھپ ہے۔‘‘

’’سچ مچ یہ بڑی تشویش کی بات ہے اور یہ اس وقت درست ہوسکتا ہے جب لوگ دوبارہ خلاء میں اور چاند پر آنے جانے لگیں۔‘‘ انزل بولا’’، پھر آپ لوگ اتنے سرمایہ کار اتنی کمپنیاں لوگوں کو چاند پر بھیجنے اور خلائی سفر کرنے کے لیے کوئی اسکیم کوئی ذریعہ، راستہ کیوں نہیں نکالتے۔‘‘

’’خلائی جہازوں کا کرایہ آدھا کر دیا گیا ہے۔ چاند پر ٹھہرنے کے لیے ہوٹلوں کے دام نصف کر دیئے گئے ہیں لیکن کوئی فائدہ نہیں ہوا۔ ایسا لگتا ہے اب لوگوں کو چاند پر جانے یا خلائی سفر کرنے میں کوئی دلچسپی ہی نہیں ہے۔‘‘ اقبال صاحب مایوسی سے بولے’’، مجھے لگتا ہے اگر ایک دو سال اور یہی حال رہا تو میں اور میرے جیسے ہزاروں لوگ بھکاری بن جائیں گے۔‘‘

’آپ مایوس نہ ہوں ابا!‘‘ انزل نے ان کو تسلی دی، ’’اتنی جلدی مایوس ہونے کی کوئی ضرورت نہیں ہے۔ کوئی نہ کوئی راستہ تو ضرور نکلے گا، میں سوچتا ہوں۔‘‘

بات چیت ختم ہوئی۔

لیکن انزل کا دماغ تیزی سے کام کرنے لگا۔

ایسا کیا طریقہ ہوسکتا ہے کہ لوگوں میں چاند پر جانے کے لیے ان کے دلوں میں پھر دلچسپی پیدا ہو؟ ایک سوال اس کے ذہن میں چکرا رہا تھا۔

اس دن ورلڈ کپ فٹ بال کا فائنل تھا۔ میچ شروع ہو گیا تھا۔ اس لیے فوراً اس نے اپنے سامنے ٹی وی کی بڑی سی ورچول اسکرین تان دی اور میچ دیکھنے لگا۔

دو گھنٹے وہ میچ دیکھنے میں مصروف رہا۔ اسے میچ دیکھنے سے زیادہ اس میچ کو دیکھنے کے لیے اسٹیڈیم میں آئے دو لاکھ لوگوں کی بھیڑ میں دلچسپی تھی۔

وہ ان دو لاکھ لوگوں کا جوش و خروش دیکھ رہا تھا۔ جو فائنل کھیلنے والی دونوں ٹیموں کو سپورٹ کر رہی تھیں، دونوں ٹیموں کے نمایاں فٹ بال کے کھلاڑیوں کی ایک جھلک دیکھنے کے لیے لوگ دیوانے ہوئے جا رہے تھے۔

میچ ختم ہو گیا۔

مگر انزل کے دماغ سے لوگوں کے جوش و جنون کے مناظر نہیں نکل سکے۔

آج ۳۰۲۳ء میں بھی لوگوں کے دلوں میں فٹ بال کے لیے وہی جوش ہے جو سو سال پہلے تھا یہ دیکھ کر انزل کو حیرت ہو رہی تھی۔

میچ کا فیصلہ ہو گیا تھا۔ ایک ٹیم میچ ہار گئی تھی دوسری جیت گئی تھی۔ دونوں نے بہت اچھا کھیل پیش کیا تھا اور میچ کو یادگار بنا دیا تھا۔ انزل کو محسوس ہو رہا تھا۔ ورلڈ کپ فٹ بال کا فائنل میچ کھیلنے والی ان دونوں ٹیموں کا اگر مقابلہ میچ رکھا جائے تو اس میچ کو دیکھنے کے لیے اسٹیڈیم میں اب اس سے زیادہ لوگ آئیں گے۔ چاہے وہ میچ دنیا کے کسی بھی کونے میں ہو۔ فٹبال کے شائقین اس میچ کو دیکھنے کے لیے وہاں پہنچ جائیں گے۔

اس خیال کے آتے ہی اس کے ذہن میں ایک بجلی سی کوندھی۔ اس نے فٹ بال کے دیوانوں کو اپنی آنکھوں سے دیکھا تھا اور ان کی دیوانگی دیکھ کر اس کے ذہن میں یہ خیال آیا تھا کہ اگر اس میچ کا انعقاد دنیا کے کسی بھی کونے میں ہو تو یہ دیوانے وہاں بھی پہنچ جائیں گے، اگر اس میچ کو چاند پر منعقد کیا جائے تو ممکن ہے یہ دیوانے اس میچ کو دیکھنے

کے لیے چاند پر بھی پہنچ جائیں۔

اس کا دماغ تیزی سے کام کرنے لگا اور اس کے ذہن میں طرح طرح کے منصوبے بننے لگے۔ رات بھر وہ نت نئے منصوبے بناتا رہا۔ دوسرے دن ناشتے کی میز پر وہ اپنے والد سے بولا۔

''ابا جان میرے پاس آپ کی اور خلائی جہازوں سے وابستہ ساری پریشانیوں کا حل ہے۔''

''اچھا۔'' اس کی بات سن کر انزل کے والد مسکرائے، ''ساری دنیا کے بڑے بڑے ماہر اس مسئلہ کا حل دو سالوں سے نہیں ڈھونڈ سکے اور تم نے ایک رات میں اس کا حل پالیا؟''

''جی ہاں۔''

''اچھا بتاؤ تو صحیح اس سنگین مسئلہ کا تم نے کیا حل ڈھونڈھا ہے؟''

''ایسا حل ڈھونڈھا ہے کہ لوگوں کی پھر سے چاند کی سیر میں دلچسپی بڑھ جائے گی اور ہزاروں کی تعداد میں لوگ چاند پر جانے کے لیے تیار ہو جائیں گے۔ آپ کے سارے بند خلائی جہازوں کو کام مل جائے گا اور ان کی نقصان اٹھانے والی کمپنیاں پھر سے نفع کمانے میں لگ جائے گی۔''

''آخر میں بھی تو سنوں؟ ایسا کون سا راستہ ہے جس کی وجہ سے لوگ دوبارہ چاند پر جانے لگیں گے؟'' اقبال صاحب نے پوچھا۔ ''اگر آپ کی اس میدان میں کام کرنے والی ساری کمپنیاں مل کر کوشش کریں کہ کل ورلڈ کپ فٹ بال کا میچ جن دو ٹیموں نے کھیلا ہے ان کے ایک میچ کا انعقاد چاند پر بھی کیا جائے۔''

''چاند پر فٹ بال میچ!'' اقبال صاحب بولے ''تم پاگل تو نہیں ہو گئے۔ بھلا چاند پر بھی فٹ بال کا میچ ہو سکتا ہے''۔

''کیوں نہیں ہو سکتا، اور ورلڈ فٹبال فیڈریشن چاہے تو... اور اس کو اس کے لیے

راضی کرنا آپ لوگوں کا کام ہے۔ مگر یہ کام اور یہ میچ ایک مہینہ کے اندر منعقد ہونا چاہیے۔'' انزل بولا، ''ابھی لوگوں میں جوش ہے۔ وہ دونوں ٹیموں کو ایک بار پھر کھیلتے دیکھنا ضرور چاہیں گے لیکن زیادہ دن ہوئے تو لوگوں کا وہ جوش ٹھنڈا پڑ جائے گا اور اس وقت اس کے کامیابی کے امکانات کتنے ہوں گے میں نہیں بتا سکتا۔ لیکن آج کے حالات میں میں دعویٰ سے کہہ سکتا ہوں کہ اگر چاند پر فٹ بال میچ رکھا جائے تو بہت کامیاب ہوگا۔''

'انزل ایک لمحہ کے لیے رکا اور پھر بولا۔

''لوگ بڑی تعداد میں فٹ بال کے اس میچ کو دیکھنے جائیں گے تو آپ کی کمپنیوں کے بعد خلائی جہازوں کو کام ملے گا جو خلائی جہاز بن کر تیار ہیں ان کا کوئی خریدار نہیں ہے۔ ممکن ہے چاند پر جانے والوں کی جب بھیڑ لگ جائے تو اس میدان میں کچھ نئی کمپنیاں بھی کود پڑیں اور وہ ان تیار خلائی جہازوں کو خرید کر مسافر برداری کا کام شروع کر دیں۔ جو لوگ چاند پر فٹ بال میچ دیکھنے جائیں گے وہ چاند پر رکیں گے۔ اس طرح چاند پر جو ہوٹلیں بند ہیں ان کو بھی بزنس ملے گا۔ چاند کی سیاحت کا کاروبار جو بند پڑا ہے پھر سے شروع ہو جائے گا۔''

''تجویز تو بہت اچھی ہے لیکن چاند پر فٹبال کے میچ کا انعقاد کون کرے گا؟ کون دونوں ٹیموں کو چاند پر میچ کھیلنے کے لیے راضی کرے گا۔'' اقبال صاحب نے پوچھا۔

''یہ سب سے آسان کام ہے۔''

''آسان کام ہے؟'' اقبال صاحب نے انزل کو گھورا ''مجھے تو سب سے زیادہ مشکل کام یہی محسوس ہو رہا ہے۔ کوئی بھی چاند پر فٹ بال کے میچ کا انعقاد کرنے کے لیے تیار نہیں ہوگا۔''

''ساری دنیا کی خلائی سفر کی سہولت فراہم کرنے والی کمپنیاں کسی طرح ورلڈ کپ فٹ بال فیڈریشن کے عہدیداروں کو راضی کر لیں کہ وہ خود اس میچ کا انعقاد چاند

پر کریں۔ انہیں ٹکٹ کی فروخت سے کروڑوں کی آمدنی ہوگی۔'' انزل نے انہیں سمجھایا۔

''ٹھیک ہے۔'' اقبال صاحب کو بھی انزل کی بات پسند آگئی، ''میں اپنی کمپنیوں دیگر کمپنیوں اور چاند پر جن کمپنیوں کے ہوٹل ہیں ان کی میٹنگ لے کر یہ تجویز رکھتا ہوں اور سب مل کر ورلڈ فٹ بال فیڈریشن کو اس میچ کے انعقاد کے لیے راضی کرتے ہیں۔''

تین دن کے بعد تمام کمپنیوں اور چاند پر ہوٹلوں کا کاروبار کرنے والی کمپنیوں کی ایک میٹنگ ہوئی۔

اقبال صاحب نے اپنی تجویز ان کے سامنے رکھی، ان کی تجویز ہر کسی کو پسند آئی۔

''ارے سچ مچ یہ تو بڑی دھانسو تجویز ہے۔'' سب ایک آواز میں بولے، ''ہمارے کاروبار کی مندی ایک جھٹکے میں دور ہو جائے گی بشرطیکہ اس فٹبال کے میچ کے انعقاد کے لیے ورلڈ فٹ بال فیڈریشن راضی ہو جائے۔''

'ہم انہیں راضی کرلیں گے۔'' کئی ممبران نے پورے وثوق سے یہ بات کہی۔

دو دن کے اندر تمام کمپنیوں کے نمائندوں اور ورلڈ فٹ بال فیڈریشن کے نمائندوں کی ایک ہنگامی میٹنگ منعقد ہوئی۔ اس میں چاند پر فائنل کی دونوں ٹیموں کا ایک میچ رکھنے کی تجویز پیش کی گئی۔

پہلے تو ڈبلیو ایف ایف کے نمائندے اس طرح کے کسی میچ کے انعقاد سے انکار کرتے رہے اور چاند پر میچ کھیلنے کے مسائل گناتے رہے۔

لیکن جب انہیں بتایا گیا کہ ممکن ہے اس سے فیڈریشن کو کروڑوں کی آمدنی ہو اور اس میچ کے انعقاد کا بڑا خرچ خلائی جہازوں کی کمپنیاں بھی اٹھانے کو تیار ہیں، تو فیڈریشن چاند پر فٹ بال کا میچ منعقد کرنے کے لیے تیار ہو گئی۔

فوراً ساری دنیا میں اعلان کر دیا گیا کہ ایک ماہ بعد عالمی فٹ بال کپ کے فائنل کی دونوں ٹیموں کے درمیان ایک میچ چاند پر کھیلا جائے گا اور میچ کے ٹکٹ کے در طے کر کے ٹکٹ فروخت کرنا بھی شروع کر دیا۔ چاند پر مسافروں کو لانے لے جانے والی خلائی

جہازوں کو ٹرویل کمپنیوں نے اس سفر کے لیے بکنگ بھی شروع کردی۔

چاند پر موجود ہوٹلوں کے مالکوں نے چاند پر آنے والے میچ کے شائقین کے ٹھہرنے کے لیے اپنے ہوٹلوں کی بکنگ بھی شروع کردی۔

چاند پر برسوں پہلے کھیل کود کے مقابلوں کے انعقاد کے لیے ایک اسٹیڈیم بنایا گیا تھا جس میں ایک وقت میں دس ہزار تماشائی بیٹھ سکتے تھے۔لیکن لوگوں نے چاند پر جانا بند کردیا تھا۔اس لیے وہ اسٹیڈیم ویران پڑا تھا۔

یہ طے کیا گیا کہ فٹبال کا یہ میچ اسی اسٹیڈیم میں کھیلا جائے گا۔اس لیے فوراً اس اسٹیڈیم کی صفائی شروع کردی گئی اور ضروری انتظامات کئے جانے لگے۔

اس کے لیے ہزاروں لوگوں کو فوراً چاند پر روانہ کیا گیا اور چاند کے لیے خلائی پروازیں شروع ہوگئیں۔

پانچ دن کے اندر ہی فٹ بال میچ کی ساری ٹکٹیں فروخت ہوگئیں۔ ان دس ہزار ٹکٹ خریدنے والے فٹبال کے شائقین نے خلائی سفر کے لیے بکنگ شروع کردی اور ٹھہرنے کے لیے چاند پر ہوٹلیں بھی بک کرلیں۔

چند دنوں میں سارے خلائی جہازوں کی سیٹیں اور ہوٹلیں فل ہوگئیں اور بیس ہزار سے زائد لوگ چاند پر منعقد ہونے والے اس میچ کو دیکھنے کے لیے ٹکٹیں اور سفر کے ٹکٹ خریدنے کے یے تیار تھے۔لیکن ان کو مایوسی کا سامنا کرنا پڑا۔

دونوں فٹبال کی ٹیموں کے کھلاڑی بھی بہت خوش تھے۔انہیں اس میچ کے لیے اچھی خاصی رقم دی جارہی تھی۔ اس کے علاوہ انہیں مفت میں چاند کی سیر کرنے کا موقع بھی مل رہا تھا۔اسی لیے اس میچ کے لیے ان کے اندر ایک نیا جوش سرایت کر گیا تھا۔جن لوگوں کو اس میچ کا ٹکٹ نہیں ملا انھوں نے ہنگامے شروع کردیئے۔

کچھ لوگوں نے اپنے خریدے ٹکٹ اور خلائی جہاز کے سفر کے ٹکٹ بلیک میں اونچے داموں میں فروخت کرنے شروع کردیئے۔

فیڈریشن پر چاروں طرف سے دباؤ پڑنے لگا کہ جو اہم لوگ ٹکٹ مانگ رہے ہیں انہیں فوراً ٹکٹ مہیا کرائے جائیں۔ لیکن فیڈریشن کے پاس ایک بھی ٹکٹ باقی نہیں تھا اس لیے فیڈریشن نے اعلان کر دیا کہ چاند پر ۲۰ دن کے بعد انہی ٹیموں کے درمیان دوسرا میچ کھلا جائے گا۔ اس کے ٹکٹ آٹھ دنوں کے بعد فروخت کیے جائیں گے۔ آٹھ دنوں کے بعد ایک ہی دن میں سارے ٹکٹ فروخت ہو گئے پھر بھی ہزاروں لوگ ٹکٹ مانگ رہے تھے۔ خلائی جہازوں کی سیٹیں بھی فوراً پُر ہو گئیں۔ گھبرا کر فیڈریشن نے اعلان کیا کہ اگر اسی طرح مانگ رہی تو ایک ماہ بعد ایک اور فٹ بال میچ کا انعقاد چاند پر کیا جائے گا۔ اس طرح لوگوں کو اطمینان ہوا۔

انزل کے والد بے حد خوش تھے۔

انزل نے ایک ایسا راستہ نکالا تھا جس کی وجہ سے ان کے اور ان کے جیسے ہزاروں لوگوں کے اربوں روپے ڈوبنے سے بچ گئے تھے بلکہ اب وہ ان سے منافع کمائیں گے کیوں کہ جس کاروبار میں مندی تھی اس میں تیزی لوٹ آئی تھی۔

خلاء میں تاج محل

وہ ایک اشتہار تھا جس کو پڑھ کر انزل کے ہونٹوں پر بے اختیار مسکراہٹ پھیل گئی۔
وی انٹرٹین۔ دنیا کی سب سے بڑی انٹرٹینمنٹ کمپنی خلاء میں ایک پکنک اسپاٹ بنانا چاہتی ہے۔ اسی سلسلے میں عوام سے پکنک اسپاٹ والے مشورے طلب کیے جاتے ہیں۔ جس کسی کا آئیڈیا اور مشورہ خلاء میں بننے والے اس پکنک اسپاٹ کے تعلق سے قبول کرلیا جائے گا اس کو دس لاکھ روپیہ انعام کے طور پر دیا جائے گا۔

۲۱۵۳ء کی بات تھی۔ سچ مچ وی انٹرٹین دنیا کی سب سے بڑی کمپنی تھی جس نے ساری دنیا میں ایسے ایسے ایموزمینٹ پارک بنائے تھے جن کو دیکھ کر عقل دنگ رہ جاتی تھی۔ ہر روز ہزاروں کی تعداد میں لوگ ان پارک کو دیکھنے آتے تھے کمپنی کا بزنس رات دن پھل پھول رہا تھا اور اس کے منافع میں بھی دن بدن اضافہ ہوتا جارہا تھا۔

اب وہی کمپنی خلاء میں کوئی پکنک اسپاٹ بنانا چاہتی ہیں تو سچ مچ یہ کمپنی کا ایک اچھوتا خیال تھا۔ لیکن اس اچھوتے خیال کی تعمیر کے طور پر بتانا کہ وہ خلاء کا پکنک اسپاٹ کس طرح کا ہو اس سے بھی بڑھ کر اچھوتا خیال ہوسکتا تھا۔

اس خیال کی قیمت بھی کمپنی بہت زیادہ دے رہی تھی۔ ۱۰/لاکھ کا انعام حاصل کرنے کے لیے دنیا کے لاکھوں دماغ سوچنے لگے تھے کہ انہیں بھی پکنِک اسپاٹ کے لیے کوئی انوکھا اچھوتا خیال پیش کر کے اس انعام کو جیتنا چاہیے۔ اس لیے سچ مچ ساری دنیا سے لاکھوں کی تعداد میں خیال اور مشورے کمپنی کو موصول ہوئے۔

اس نے بھی خلاء کے اس پکنک اسپاٹ کے لیے اپنا خیال روانہ کر دیا تھا۔ موصول ہوئے لاکھوں خیالوں میں سے ۱۰ ارمنفرد خیالوں کو کمپیوٹر کے ذریعے منتخب کر کے کمپنی کے چیئرمن مسٹر ہربرٹ کے سامنے رکھ دیا گیا۔ مسٹر ہربرٹ نے اپنی کمپنی کے تمام ڈائریکٹروں کے ساتھ ان دسوں خیال دینے والوں کے ساتھ ایک میٹنگ رکھی۔

اس میٹنگ میں ان لوگوں کو بتانا تھا کہ ان کا خیال کس طرح انوکھا ہے اور اس خیال کو کس طرح عملی جامہ پہنانا ہے۔

خوش قسمتی سے ان دس منتخب خیالوں میں انزل کا خیال بھی شامل تھا۔ کمپنی کا ہیڈ آفس امریکہ میں تھا۔ ان دس منتخب خیالات کو پیش کرنے والوں کو کمپنی نے ہوائی جہاز کا ٹکٹ روانہ کر کے میٹنگ کے لیے بلایا تھا۔

انزل کو بھی دعوت نامہ کے ساتھ امریکہ آنے کے لیے ہوائی جہاز کا ٹکٹ ملا تھا۔ اس لیے وہ فوراً امریکہ جانے کی تیاریوں میں لگ گیا۔

میٹنگ کے دن سے دو دن قبل وہ امریکہ آ گیا۔ ایک دن اس نے آرام کیا اور دوسرے دن ہونے والی میٹنگ کے لیے اس نے خود کو اچھی طرح تیار کیا۔

میٹنگ صحیح وقت پر شروع ہوئی۔ میٹنگ میں انٹرٹین کمپنی کے تمام ڈائرکٹروں کے ساتھ میٹنگ کے لیے بلائے گئے وہ تمام دس خیال پیش کرنے والے بھی موجود تھے۔

'ہاں مسٹر رابرٹ بتائیں، ہمارے پکنک اسپاٹ کے لیے آپ نے کیا خیال دیا ہے۔''

''میرا خیال ہے کہ خلا میں ایک سب سے خوبصورت گارڈن بنایا جائے۔ ایک ایسا گارڈن جو دنیا میں کہیں نہ ہو۔''

رابرٹ کی بات سن کر کمپنی کا ایک ڈائرکٹر ہنسا اور بولا۔

'مسٹر رابرٹ پکنک اسپاٹ کے لیے یہ آپ کا سب سے زیادہ بے تکا خیال ہے۔ مسٹر رابرٹ خلا میں نہ تو پانی ہے اور نہ ہوا، تو پھر آپ وہاں خوبصورت گارڈن کس طرح بنا

سکیں گے۔ جیسے مان لیا اس گارڈن کو ہم نے دنیا میں بنالیا اور اسے خلا میں لے کر چلے گئے۔ لیکن اس گارڈن کے درخت پیڑ پودوں کو زندہ رکھنے کے لیے ہم پانی کہاں سے لائیں گے؟ میرے خیال میں تو یہ انتہائی بے تکا خیال اور جواب ہے۔''

رابرٹ اپنا سا منہ لے کر رہ گیا اور اسے اپنے خیال پر غصہ آنے لگا۔ خلا میں تو نہ پانی ہے اور نہ مٹی۔ پھر بھلا وہاں پر کس طرح کوئی گارڈن بنایا جا سکتا ہے اور اس گارڈن کے لیے پھول پودوں کو زندہ رکھا جا سکتا ہے۔

''ٹھیک ہے دوسرے صاحب اپنا خیال پیش کریں؟'' ایک ڈائرکٹر نے کہا تو ایک دوسرے شخص نے اپنا خیال پیش کیا۔

''ہم خلا میں اس پکنک اسپاٹ پہ اسٹیچو آف لبرٹی بنائیں تو خلا میں بنے اس آزادی کے مجسمے کو دیکھنے کے لیے لوگ وہاں ضرور آئیں گے۔''

اس کی بات سن کر ایک لمحہ کے لیے سب خاموش ہو گئے پھر ایک ڈائریکٹر بولا

'ٹھیک ہے یہ خیال درست ہے مگر آزادی کے مجسمہ میں اتنی کشش نہیں ہے کہ اسے دیکھنے کے لیے لوگ خلا کا سفر کریں وہ اسے دنیا میں بھی اصلی حالت میں بھی دیکھ سکتے ہیں۔ اس کو دیکھنے کے لیے خلا کا سفر کرنا ضروری نہیں ہے۔ اس لیے میں سمجھتا ہوں یہ خیال بھی ناکام خیال ہے۔''

اس پر اور بھی کئی لوگوں نے اس کی تائید دی۔

اگلے شخص کو خیال پیش کرنے کے لیے کہا گیا جو انزل کی طرح ہی بھارت سے آیا تھا۔

'میرا خیال ہے۔ خلا میں رام مندر کا ماڈل بنایا جائے تو لوگ رام مندر دیکھنے اور بھگوان رام کے درشن کے لیے خلاء میں ضرور جائیں گے۔''

اس خیال پر کئی ڈائریکٹرز زور سے ہنس پڑے۔

'رام مندر دیکھنے اور بھگوان رام کے درشن کے لیے صرف ہندو لوگ ہی جائیں گے

نا؟'' ایک ڈائریکٹر نے اس سے پوچھا۔

'جی ہاں۔'' اس نے جواب دیا۔

'ہمیں ایسا پکنک اسپاٹ بنانا ہے جس میں پوری دنیا کے لوگوں کو دلچسپی ہو۔ تاکہ وہ ہمیشہ آباد رہے، لوگ اسے دیکھنے کے لیے آتے رہیں۔ کسی مخصوص مذہب یا فرقہ کے لیے وہ پکنک اسپاٹ نہیں بنانی ہے۔''

اس کے بعد اور دو تین لوگوں نے اس پکنک اسپاٹ کے لیے اپنے خیالات پیش کیے۔ لیکن تھوڑی سی بحث کے بعد ہی ان کے خیالات کو بھی مسترد کر دیا گیا اس کے بعد انزل کی باری آئی۔

''میرا خیال ہے خلاء کے اس پکنک اسپاٹ پر ہمیں تاج محل بنانا چاہیے۔ تاج محل جب سے بنا ہے ساری دنیا کے لوگوں کے لیے اپنی خوبصورتی کی وجہ سے کشش کا باعث ہے۔''

چاندنی رات میں تو اس کا نظارہ بڑا دلکش ہوتا ہے اور اس کو دیکھنے کے لیے دنیا کے کونے کونے سے لوگ آتے ہیں۔ تب صرف ایک چاند کی روشنی اس پر پڑتی ہے تو وہ اتنا خوبصورت نظر آتا ہے خلا میں پتہ نہیں کتنے چاندوں کی طرح طرح کی روشنی اس پر پڑے گی تو وہ کتنا خوبصورت نظر آتا ہوگا یہ خیال ہی لوگوں کو خلاء میں بنے اس تاج محل کو دیکھنے کے لیے ہمارے پکنک اسپاٹ پر لے جائے گا۔ تاج دور سے دیکھنے میں بڑا سہانا لگتا ہے۔ ظاہر سی بات ہے جب خلائی جہاز میں بیٹھ کر لوگ اس پکنک اسپاٹ پر جائیں گے تو دور سے اس تاج محل کا نظارہ کتنا خوش نما ہوگا۔ میرا تو اندازہ ہے اس نظارے کو دیکھنے کے لیے لوگ بار بار خلاء کا سفر کریں گے۔ بلکہ خلائی جہاز چلانے والے سے درخواست کریں گے کہ وہ تاج محل کے گرد دو تین چکر لگائے تا کہ وہ اچھی طرح تاج محل کو دیکھ سکیں۔''

انزل کی یہ بات سن کر میٹنگ میں ایک سناٹا چھا گیا۔

بہت دیر تک کوئی کچھ نہیں بولا۔ ہر کوئی انزل کے خیال اور اس کی بتائی باتوں پر

سوچ رہا تھا اور اپنے تصور کی کسوٹی پر انزل کی باتوں کو پرکھنے کی کوشش کر رہا تھا۔

بہت دیر بعد آخر ایک ڈائریکٹر نے خاموشی توڑی۔

''خلاء میں تاج محل بنانے کا خیال بہت اچھا خیال ہے۔ میرے خیال سے یہ کامیاب آئیڈیا ہے۔ ہم اگر اس خیال کو عملی جامہ پہناتے ہیں تو ہم اپنے مقصد میں کامیاب رہیں گے۔ ساری دنیا سے تاج محل کو دیکھنے کے لیے بھی لوگ ضرور ہمارے پکنک اسپاٹ پر آئیں گے۔ اس طرح ان کے ایک ساتھ دو کام ہو جائیں گے۔ خلائی سیر بھی ہو جائے گی اور تاج محل کو بھی دیکھ لیں گے۔''

''بالکل میں بھی اس خیال سے پوری طرح متفق ہوں۔ خلا میں پکنک اسپاٹ کے لیے یہ سب سے بہترین خیال ہے۔ میں تو اس خیال کی پوری طرح تائید کرتا ہوں۔'' دوسرا ڈائریکٹر بولا،

'میں بھی۔'' تیسرے ڈائریکٹر نے کہا۔

تقریباً سبھی ڈائریکٹروں نے اس خیال کو پسند کیا اور اسی کو عملی جامہ پہنانے پر زور دیا۔

چاہ کر بھی کوئی ڈائریکٹر اس خیال میں خامی نہیں نکال سکا، اور انزل کے خیال کو منظوری دے دی گئی۔

باقی تمام خیال پیش کرنے والوں کو رخصت کر دیا گیا اور میٹنگ میں انزل کو روک لیا گیا۔

'مسٹر انزل آپ نے خلاء میں تاج محل بنانے کا خیال تو بہت اچھا پیش کیا۔ لیکن یہ اتنا آسان نہیں ہے جتنا آسانی سے آپ نے خیال پیش کر دیا ہے۔ آپ کے اس خیال کو منظور کیا جاتا ہے لیکن اس کے ساتھ ساتھ آپ کو اس بات کا بھی مکمل پلان دینا ہوگا کہ آپ کے اس خیال کے مطابق تاج محل بنایا کس طرح جائے گا؟ ظاہر سی بات ہے خلاء میں تو ہم تاج محل نہیں بنا سکتے۔ اس کو زمین پر بنانا پڑے گا۔ چلیے ہم نے زمین پر تاج

محل کو بنالیا جو اصلی تاج محل کی ایک نقل ہوگی تو سب سے بڑا مسئلہ اس کو خلاء میں لے جانا ہوگا۔ اتنے وزنی بڑے تاج محل کو ہم خلا میں کس طرح لے جائیں گے؟ ڈائریکٹر نے سوال کیا۔

''ہم بڑی آسانی سے اس تاج محل کو خلاء میں لے جاسکتے ہیں۔'' انزل نے پورے اطمینان سے جواب دیا۔

''مسٹر انزل آپ یہ بات اس طرح کہہ رہے ہیں جیسے خلاء میں اتنا بڑا تاج محل نہیں لے جانا ہے صرف ایک سیل فون لے جانا ہے۔ جسے جیب میں رکھ لیا اور خلاء میں چلے گئے؟'' ایک ڈائریکٹر نے بھڑک کر پوچھا۔

''سر یہ بتایئے، آج کل سب سے بڑا جو خلائی جہاز بنایا گیا وہ کتنا بڑا ہے۔''

انزل نے اس ڈائریکٹر سے سوال کیا۔

''وہ اتنا بڑا ہے کہ اس میں ایک چھوٹا سا شہر آباد ہے۔'' اس ڈائریکٹر نے جواب دیا''۔ اسی خلائی جہاز کو تو دیکھ کر ہمارے ذہن میں خیال آیا کہ جب خلاء میں ایک چھوٹا سا شہر بسایا جاسکتا ہے تو آسانی سے خلاء میں ایک پکنک اسپاٹ بھی بنایا جاسکتا ہے۔ لیکن وہ پکنک اسپاٹ اتنا دلکش اور پرکشش ہو کہ لوگ اسے دیکھنے خلاء میں جاسکیں۔ اسی لیے تو یہ خیال منگوائے گئے تھے۔''

''تو سر! اس کے دو طریقے ہیں۔'' انزل نے جواب دیا، ''جس طرح دنیا کا سب سے بڑا خلائی جہاز جس میں ایک چھوٹا سا شہر آباد ہے، آسانی سے بنالیا گیا اور اسے خلاء میں داغ دیا گیا۔ آج وہ بڑی آسانی سے خلاء میں جاتا ہے اور زمین پر آجاتا ہے۔ خلاء میں جہاں جانا چاہے وہاں جاسکتا ہے۔ ہمارا یہ پکنک اسپاٹ جس کی خاص توجہ کا مرکز تاج محل ہوگا اس طرح کسی بڑے سے خلائی جہاز پر تعمیر کیا جائے گا اور وہ بھی اسی طرح آسانی سے خلا میں پہنچ جائے گا جس طرح خلائی جہاز خلاء میں جاتا ہے۔''

''ہاں یہ تو سچ مچ بہت آسان کام ہے۔ ٹھیک ہے ہم اسی طرح کسی بڑے سے

خلائی جہاز پر پکنک اسپاٹ اور تاج محل بنا کر اسے خلاء میں لے کر چلے جائیں گے۔''

کمپنی کے چیئرمن نے فوری طور پر اس کو پسند کر کے منظوری دے دی۔ ''انزل تمہارا خیال قبول کر لیا گیا اور تم اس خیال کے لیے انعام کے حق دار قرار دیئے جا چکے ہو۔ تم جاتے وقت اپنا انعام لے کر جانا۔''

''سر یہ تو میرا صرف پہلا خیال ہے۔ میرے پاس ایک دوسرا خیال بھی ہے۔ یہ خیال ایسا ہے جس پر کافی خرچ آئے گا۔ کیوں کہ ہمیں تاج محل ایک خلائی جہاز پر بنانا پڑے گا اور خلائی جہاز بنانے میں ہی کافی خرچ آتا ہے۔ اس خلائی جہاز سے اس تاج محل کو ہم آسانی سے خلاء میں پہنچا دیں گے۔ لیکن خلاء میں پہنچنے کے بعد اس خلائی جہاز کا کام ختم ہو جائے گا۔ پھر اس خلائی جہاز کا کبھی استعمال نہیں ہو سکے گا کیوں کہ وہ پکنک اسپاٹ اور اس پر بنا تاج محل تو خلاء میں ہی رہے گا۔ اس کو نہ تو کہیں خلاء میں جانا ہوگا اور نہ کبھی زمین پر آنا ہوگا۔ اس لیے خلائی جہاز بنانے پر اربوں روپیہ خرچ کرنے کی ضرورت بھی نہیں ہے ہم اپنا وہ اربوں روپیہ دوسرے طریقے سے بچا سکتے ہیں۔''

''اربوں روپیہ بچا سکتے ہیں؟'' انزل کی بات سن کر سبھی ڈائریکٹروں کے کان کھڑے ہو گئے۔ ''اگر کوئی دوسرا آئیڈیا ہو جس سے ہمارا کمپنی کا اربوں روپیہ بچ سکتا ہے تو انزل ہمیں وہ بتاؤ۔''

''اس آئیڈیا کے اور ہماری کمپنی کے اربوں روپیہ بچانے پر ہم تم کو الگ سے انعام دیں گے۔''

''وہ آپ کی مرضی! آپ مجھے اس آئیڈیا کے لیے انعام دیں یا نہ دیں۔ مجھے تو خیال کے ساتھ ساتھ مکمل پلان پیش کرنا تھا اس لیے میرا یہ خیال بھی اس منصوبہ کا حصہ ہے۔ اب یہ آپ پر منحصر ہے آپ میرا پہلے والا منصوبہ منظور کریں یا دوسرا والا۔'' انزل نے کہا۔

''انزل نیا دوسرا منصوبہ بتائیں۔'' کمپنی کے چیئرمن نے انزل سے کہا'' ہم اس

پلان کو سننے کے بعد طے کریں گے کہ کس پلان کے تحت وہ پکنک اسپاٹ اور تاج محل بنایا جائے۔''

''دوسرا طریقہ وہی ہے جس طرح سے مصنوعی سیارے بنائے جاتے ہیں اور انہیں خلاء میں بھیجا جاتا ہے۔'' انزل نے جواب دیا۔'' مصنوعی سیاروں کو زمین پر تیار کیا جاتا ہے اور پھر انہیں خلائی جہاز کے ذریعے خلاء میں لے جا کر چھوڑ دیا جاتا ہے اور وہ خلاء میں یا تو معلق ہو جاتے ہیں یا زمین کے گرد گردش کرتے رہتے ہیں۔ ہمیں گردش کرنے والے سیارچے کے طرز پر یہ پکنک اسپاٹ بنانے کی کوئی ضرورت نہیں ہے کیوں کہ ہمارا پکنک اسپاٹ ایک جگہ ہی معلق رہے گا جہاں پکنک اسپاٹ پر جانے والے خلائی جہاز آسانی سے جا آسکیں۔ گردش کرنے والے سیارچہ کی طرز پر اگر ہم یہ پکنک اسپاٹ بنائیں تو یہ پریشانی ہوگی کہ آنے والے خلائی جہازوں کو اس بات کا کوئی پتہ نہیں ہوگا کہ اس وقت وہ پکنک اسپاٹ کہاں ہے؟ کیوں کہ گذشتہ دن وہ اسپاٹ جس جگہ ہوگا گردش کر کے ایک دن میں وہ اس مقام سے ہزاروں میل دور جا چکا ہوگا''۔

''نہیں نہیں اگر ہمیں وہ پکنک اسپاٹ اور تاج محل کسی سیارچہ کے طرز پر بنانا ہے تو معلق رہنے والے سیارچے کی طرز پر ہی بنائیں گے۔ گردش کرتے سیارچے کی طرز پر اسے بنانا سب سے بڑی بے وقوفی ہوگی اور مسائل بھی پیدا کرے گا۔'' ایک ڈائریکٹر انزل کی بات سن کر جلدی سے بولا۔

''تو آپ اس پکنک اسپاٹ اور تاج محل کو کسی مصنوعی سیارے کی طرز پر بنا سکتے ہیں اور پھر اسے خلائی جہاز کے ذریعے خلاء میں لے جا کر کسی خاص مقام پر معلق کر سکتے ہیں۔ اس طرح آپ کو صرف ایک بار کسی کرائے کے خلائی جہاز کے ذریعے اس سیارچے کو خلاء میں لے جانے کی قیمت ادا کرنی ہوگی جو بہت کم ہوگی بہ نسبت اس کے کہ اس کے اس پکنک اسپاٹ کو خلائی جہاز پر تعمیر کر کے خلاء میں لے جایا جائے۔

’’نہیں نہیں مسٹر انزل ہم تمہارے دوسرے خیال کے مطابق ہی کسی سیارچے کی طرز پر وہ پکنک اسپاٹ کا تاج محل بنا کر کسی کرائے کے خلائی جہاز کے ذریعے اسے خلاء میں لے جائیں گے۔ اس طرح ہمارے خلائی جہاز بنانے پر خرچ ہونے والے اربوں روپیہ بچ جائیں گے۔ اب ہمیں اس پکنک اسپاٹ کو دوبارہ نہ زمین پر لانا ہے اور نہ خلاء میں کہیں ایک جگہ سے دوسری جگہ لے جانا ہے۔ ایک بار خلاء میں پہنچ جانے کے بعد وہ اس جگہ معلق رہے گا تو اس خلائی جہاز پر تعمیر کرنے کی کیا ضرورت ہے۔‘‘ ایک ڈائریکٹر جلدی سے بولا۔

’مسٹر انزل ہماری کمپنی آپ کی شکرگزار ہے آپ نے ہماری کمپنی کے پکنک اسپاٹ کے لیے اتنا اچھا آئیڈیا دیا اور خیال کو دیتے ہوئے اس بات کا بھی خیال رکھا ہے کہ اس میں کمپنی کے اربوں روپیوں کی مدد ہو۔‘‘ انٹرٹین کا چیئرمن انزل سے بولا،’’ آپ کو اس خیال کے لیے انعام کی رقم دس لاکھ تو ملے گی لیکن دوسرے خیال کے لیے جس کے ذریعے آپ نے کمپنی کے اربوں روپیہ بچائے ہیں اس کا بھی آپ کو انعام دیا جائے گا اور ہم آپ سے ایک درخواست کرتے ہیں جب تک یہ پکنک اسپاٹ اور تاج محل بن کر تیار نہ ہو جائے۔ آپ کو ہماری کمپنی میں ایک بڑی رقم کی تنخواہ پر ملازمت دی جاتی ہے۔ اس پروجیکٹ کا انچارج آپ کو بنایا جائے گا اور پورا پروجیکٹ آپ کی نگرانی میں تیار ہو کر اسے آپ کی نگرانی میں ہی خلاء میں بھیجا جائے گا اور اس کا آغاز بھی آپ کی نگرانی میں کیا جائے گا۔ اس لیے ہماری آپ سے درخواست ہے آپ ہماری اس درخواست کو قبول کر لیں۔‘‘ چیئرمن نے عاجزانہ انداز میں انزل سے درخواست کی۔

’ٹھیک ہے میں آپ کی اس درخواست کو قبول کرتا ہوں۔‘‘ جیسے ہی انزل نے کہا سب کے چہرے خوشی سے کھل اٹھے اور اتنی اچھی ملازمت ملنے پر تو جیسے انزل کی لاٹری لگ گئی تھی۔

نئی ندی

۲۰۳۷ء کا آغاز ہو چکا ہے۔

تیسرا سال شروع ہو گیا تھا۔ پورے ملک میں بارش کا ایک قطرہ بھی نہیں برسا تھا۔ پورے ملک کو خشک سالی نے اپنی لپیٹ میں لے رکھا تھا۔ لوگ پانی کی ایک ایک بوند کو ترس رہے تھے۔ سو روپیہ لیٹر قیمت ادا کر کے بھی پانی نہیں مل رہا تھا۔

ساری ریاستوں نے اپنی اپنی ریاستوں میں بہنے والے دریاؤں اور ندیوں کا پانی اپنی اپنی ریاستوں میں روک لیا تھا اور پانی کے نام پر ملک میں خانہ جنگی کی صورت حال پیدا ہو گئی تھی۔

چارہ نہ ہونے کی وجہ سے اور پانی نہ ملنے کی وجہ سے جانور مر رہے تھے۔ کسی طرح پینے کے لیے لوگوں کو پانی مل جاتا تھا مگر استعمال کے لیے مشکل سے ملتا تھا۔ سارے تالاب اور کنویں خشک ہو گئے تھے زمین کے نیچے پانی کی سطح اتنی نیچے چلی گئی تھی کہ کنواں اور بورویل ہزاروں فٹ کھودنے کے بعد بھی پانی نہیں ملتا تھا۔

دو سال سے بارش نہ ہونے کی وجہ سے ندیوں اور دریاؤں کا پانی بھی کافی کم ہو گیا تھا۔ لیکن ریاستوں نے پانی اور دریا ندیوں کے بہاؤ پر بند بنا کر پانی کو روک لیا تھا اور پانی پوری ریاست کو سپلائی ہو رہا تھا۔

اس طرح جن ریاستوں میں بڑے بڑے دریا اور ندیاں تھیں وہاں لوگوں کو پینے کے لیے پانی میسر ہو رہا تھا۔ روزانہ راشن کے طور پر حکومت خود لوگوں کو پانی سپلائی

کررہی تھی۔ لیکن جن ریاستوں میں دریا اور ندیاں نہیں تھے ان کا بہت برا حال تھا۔

ان کے پانی کے سارے ذخیرے ختم ہوگئے تھے اور دیگر ریاستوں سے پانی نہیں ملنے کی وجہ سے لوگ پانی کی ایک ایک بوند کو ترس رہے تھے۔ ساحلی علاقوں کی صورت حال کسی حد تک ٹھیک تھی۔ حکومت نے سمندر کے پانی کو پینے یا استعمال کے قابل بنانے کی فیکٹریاں لگادی تھیں۔ اس وجہ سے ان علاقہ کے لوگوں کو پانی مل جاتا تھا۔ جو زائد پانی بچ جاتا تھا اس کو ان ریاستوں کو سپلائی کیا جاتا تھا جہاں سخت خشک سالی تھی۔

سب سے بری حالت راجستھان اور مدھیہ پردیش کے کچھ علاقوں کی تھی۔ اتر پردیش کی صورت حال کافی اچھی تھی۔ گنگا اور جمنا کا پانی پوری یو پی کو سپلائی ہورہا تھا۔ گرمی سے ہمالیہ کی برف پگھلنے کی وجہ سے بھی گنگا میں کافی پانی آجاتا تھا، اس سے اس ریاست میں پانی کی کوئی کمی نہیں تھی۔

لیکن اس کی پڑوسی ریاست بہار کی حالت بری تھی۔ ہمالیہ سے نکل کر بہار میں جو چھوٹی چھوٹی سی ندیاں آکر گنگا میں ملتی تھیں ان کی وجہ سے بہار میں گنگا ندی میں تھوڑا سا پانی تھا تو یو پی والوں نے گنگا کا سارا پانی روک دیا تھا اس لیے پانی کی کمی ہوگئی تھی۔ اس بات پر آئے دن دونوں ریاستوں میں گھمسان کی جنگ ہوتی تھی۔ بڑی مشکل سے یہ یو پی والے بہار والوں کے لیے ایک دن گنگا کا پانی دینے کے لیے راضی ہوتے تھے۔ اس طرح وہاں کی صورت حال ٹھیک ہورہی تھی۔

لیکن راجستھان کی حالت بد سے بدتر ہوتی جارہی تھی اور لوگ روزانہ سڑکوں پر اتر کر سرکار سے پانی کا مطالبہ کررہے تھے۔ اناج وغیرہ تو غیر ممالک سے درآمد کرلیا جاتا تھا لیکن پانی کا سخت مسئلہ تھا۔

وزیر اعظم کے مشیروں نے وزیر اعظم کو خبردار کیا تھا کہ اگر جلد راجستھان کے لوگوں کے لیے پانی کا انتظام نہیں کیا گیا تو وہاں خانہ جنگی شروع ہونے کا امکان ہے اور ممکن ہے یہ خانہ جنگی پورے ملک میں پھیل جائے۔

راجستھان کے قحط اور پانی کے مسئلہ کو حل کرنے کے لیے وزیراعظم کئی ماہرین سے میٹنگیں کر چکے تھے۔ اس مسئلہ کو حل کرنے کے لیے کئی تجاویز بھی سامنے آئی تھیں لیکن ساری تجاویز ایسی تھیں کہ ان پر عمل درآمد کرنا کافی مشکل کام تھا یا ان پر عمل کرنے کے لیے بہت زیادہ پیسوں کی ضرورت تھی۔ حکومت کا خزانہ ان دو برسوں کی خشک سالی سے پہلے ہی خالی ہو چکا تھا۔ اس لیے حکومت کسی بھی ایسی تجویز جس میں زیادہ خرچ آئے اُس پر عمل کرنے سے اپنا ہاتھ روک لیتی تھی۔

اپنے مشیروں کی تازہ رپورٹ نے وزیراعظم کو بھی تشویش میں مبتلا کر دیا۔ انھوں نے ٹی وی اور سوشل میڈیا پر آ کر ملک کی عوام کے سامنے راجستھان کی تشویش ناک صورت حال سامنے رکھ کر اپیل کی تھی کہ انسانی ہمدردی کے ناطے راجستھان کے لوگوں کی مدد کریں یا ان لوگوں کو اس مصیبت سے نجات دلانے کے لیے اپنی اپنی تجویزیں پیش کریں۔ لوگوں کو راجستھان کے پیاسے لوگوں سے ہمدردی تھی۔ لیکن کوئی ریاست اپنی ریاست کا پانی راجستھان کو دینے کے لیے تیار نہیں ہو رہی تھی۔

نہ کوئی ایسا راستہ دکھائی دے رہا تھا جس سے اس مسئلہ کا حل نکل سکے۔

وزیراعظم کی اپیل پر سینکڑوں لوگوں نے اس مسئلہ کے حل کے لیے تجویزیں روانہ کی تھیں لیکن جو کمیٹی ان تجویزوں پر غور کرنے کے لیے بنائی گئی تھی اس نے ساری تجویزیں مسترد کر دیں۔ اس بنیاد پر کہ ان پر عمل کرنے میں کئی سالوں کا وقت چاہیے یا کثیر سرمایہ کی ضرورت ہے۔

صرف ایک تجویز ایسی تھی جس نے سب کو چونکا دیا۔ وہ صرف ایک سطر کی تھی۔

''ہمالیہ کی زائد برف کو پگھلا کر اس سے ملنے والے پانی کو راجستھان کے لوگوں کو سپلائی کیا جائے۔ ہمالیہ کی زائد برف کو پگھلانے سے اتنا پانی مل جائے گا کہ اس سے راجستھان کے لوگوں کا پینے کے پانی کا مسئلہ دور ہو جائے گا۔''

یہ تجویز کالج کے ایک طالب علم انزل کی تھی۔

اس تجویز پر پہلے خوب گرما گرم بحث ہوئی اور اسے بھی ایک بے تکی تجویز بتا کر مسترد کرنے کی سفارش کی گئی کیوں کہ اس کام سے جو جو امکانات نظر آ رہے تھے اس کی بنیاد پر ہمالیہ کی برف پگھلا کر وہ پانی راجستھان تک پہونچانا ناممکن سا لگ رہا تھا۔

ہمالیہ سے راجستھان کا فاصلہ تقریباً آٹھ سو کلومیٹر ہے۔ آٹھ سو کلومیٹر پانی لے جانا ایک ناممکن بات محسوس ہو رہی تھی۔

اس تجویز پر عمل درآمد کرنے کے لیے کمپنی آپس میں مشورے کرتی اور اسے مسترد کرتی رہی۔ کمپنی کے ایک ممبر نے مشورہ دیا۔

''ہمالیہ سے راجستھان تک ایک پائپ لائن بچھا دی جائے اور اس پائپ لائن کے ذریعہ ہمالیہ کی پگھلی برف کا پانی راجستھان کو سپلائی کیا جائے۔''

''بظاہر یہ ہی ایک صحیح راستہ دکھائی دے رہا تھا۔ لیکن اس راستہ میں اتنے مسائل تھے کہ اس پر عمل ہی نہیں کیا جا سکتا تھا۔'' اس پائپ لائن کو بچھانے میں کئی سال لگ سکتے ہیں۔ اگر کئی سالوں میں یہ کام ختم ہو تو اس کام کو کرنے کا کیا مقصد؟ لوگوں کو اس وقت پانی کی ضرورت ہے سالوں بعد نہیں۔'' ایک ممبر نے یہ کہہ کر اسے یکسر مسترد کر دیا۔

''پھر اس کام پر اربوں روپیہ خرچ آئے گا، چلیے جنگی پیمانے پر یہ کام اگر کریں بھی تو اس پر خرچ کے لیے اربوں روپیہ کہاں سے آئے گا۔ حکومت کا خزانہ تو پہلے ہی خالی ہے۔ اس لیے اس تجویز پر عمل ہی نہیں ہو سکتا۔ کہہ کر دوسرے ممبر نے بھی اسے مسترد کر دیا اور پائپ لائن کے ذریعہ ہمالیہ سے راجستھان کو پانی سپلائی کرنے کا خیال دل سے نکال کر کسی دوسرے راستے کو ڈھونڈھنے کے لیے کہا گیا۔

''یہ بات درست ہے پائپ لائن بچھانا کافی وقت طلب اور خرچ کا کام ہے اور غیر محفوظ بھی ہے۔'' ایک ممبر نے کہا۔

''میرے پاس ایک دوسرا راستہ ہے۔ یہ کافی محفوظ ہے اور کم خرچ والا بھی ہے۔ اس راستہ کے ذریعہ بھی پانی محفوظ طریقہ سے راجستھان پہنچایا جا سکتا ہے''

''تو جلدی بتائیے نا آپ نے کیا راستہ ڈھونڈا ہے۔ اگر وہ مناسب ہوا تو اس پر عمل کیا جائے گا۔ لیکن ہمیں کسی نہ کسی طرح اس تجویز پر عمل کر کے اس مسئلہ کا حل نکالنا ہے۔'' کمیٹی کے چیئرمن نے کہا۔

''میرا پلان ہے کہ راجستھان سے ہمالیہ تک زیر زمین سرنگ کھودی جائے اور اس سرنگ کے ذریعے پانی ہمالیہ سے راجستھان کو سپلائی کیا جائے۔'' ممبر نے کہا۔

''یہ بھی شیخ چلی کا پلان لگ رہا ہے'' چیئرمن نے منہ بنا کر کہا''۔ ہمالیہ سے راجستھان تک پائپ لائن بچھانا اور سرنگ کھودنا دونوں ایک ہی پلان ہے۔ جس طرح پائپ لائن بچھانے میں وقت، محنت اور کثیر سرمایہ کی ضرورت ہے اسی طرح زیر زمین سرنگ کھودنے کے لیے بھی وقت محنت اور کثیر سرمایہ کی سخت ضرورت ہے۔ کبھی کبھی تو ایسا ہوتا ہے کہ ایک دو کلومیٹر کی زیر زمین سرنگ تمام تر جدید آلات کا استعمال کر کے کھودنے کے باوجود سالوں لگ جاتے ہیں۔ اس لیے یہ بھی ناممکنات میں سے لگتا ہے''۔ دوسرے ممبر نے کہا۔

''اگر یہ شیخ چلی کا پلان ہے تو جس نے یہ تجویز پیش کی ہے وہ بھی شیخ چلی سے کم نہیں ہے۔'' اس ممبر نے جل کر کہا جس نے زیر زمین سرنگ کھودنے کی تجویز رکھی تھی۔'' اور وہ تو ایک کالج کا طالب علم ہے۔ ہم جیسے مہارتھی اس مسئلہ کا حل نہیں ڈھونڈ پا رہے ہیں تو بھلا اس کی یہ تجویز کیسے کامیاب ہو سکتی ہے۔؟''

میٹنگ گرما گرمی پر ختم ہو گئی۔

شام کو وزیر اعظم نے میٹنگ کی رپورٹ طلب کی تو کمیٹی کے چیئرمن نے میٹنگ کی ساری روداد وزیر اعظم کے سامنے رکھتے ہوئے اس کام کو ناممکن کام قرار دے دیا۔

اس پر وزیر اعظم غصہ ہو گئے۔

''ایک اچھی تجویز کو آپ لوگوں نے اپنے انداز میں اس کے امکانات پیش کر کے ناممکن قرار دیا ہے۔ اس تجویز پر عمل کرنے کے لیے آپ لوگوں نے یہ راستے ڈھونڈے ہیں۔ ممکن ہے جس نے یہ تجویز پیش کی ہو اس کے پاس ان راستوں کے علاوہ کوئی اور راستہ

ہو۔اس لیے اس تجویز کو مسترد کرنے والے آپ لوگ کون ہوتے ہیں؟ جس نے یہ تجویز پیش کی ہے اس کو بلائیے اور پوچھیے اس کے پاس اس تجویز پر عمل کرنے کا کیا طریقہ ہے؟''

فوراً انزل سے رابطہ قائم کیا گیا اور اسے کمپنی کے سامنے اپنی تجویز اور اس پر عمل کرنے کا طریقہ رکھنے کے لیے کہا گیا۔لیکن انزل نے صاف کہہ دیا۔

''میں کمیٹی کے سامنے پیش ہوکر اپنی اس تجویز پر عمل کرنے کا منصوبہ نہیں بتاؤں گا۔ مجھے ڈر ہے کمپنی کے ماہرین میرے منصوبے میں مین میخ نکال کر مسترد کر دیں گے۔ میں صرف وزیر اعظم کی موجودگی میں اپنا منصوبہ بتاؤں گا۔''

انزل کی یہ بات وزیر اعظم کو بتائی گئی تو وہ وزیر اعظم اس میٹنگ میں شریک ہونے کے لیے تیار ہو گئے۔وزیر اعظم کی صدارت میں وہ میٹنگ رکھی گئی جس میں انزل حاضر ہوا۔

''تو انزل بیٹے! یہ بتاؤ ہمالیہ کی برف پگھلا کر اس کا پانی راجستھان تک لے جانے کے لیے تمہارے پاس کیا منصوبہ ہے؟ تم اچھی طرح جانتے ہو ہمالیہ سے راجستھان کا فاصلہ تقریباً آٹھ سو کلو میٹر کا ہے۔آٹھ سو کلو میٹر تک پانی لے جانا کوئی آسان کام نہیں ہے۔اس کے بارے میں سوچ سوچ کر ہمارے دماغ ہی شل ہو گئے ہیں۔''

''سر ہمالیہ سے راجستھان تک پانی لے جانا اتنا مشکل اور ناممکن کام نہیں ہے جتنا آپ اور یہ کمیٹی سوچ رہی ہے۔'' انزل نے جواب دیا،''یہ کام بڑی آسانی سے ہوسکتا ہے۔ہاں تھوڑی پھرتی اور محنت کی ضرورت ہے۔''

انزل کی بات سن کر کمیٹی کے سارے ممبران کے چہرے غصہ سے لال ہو گئے۔ اتنے مشکل کام کو آسان قرار دے کر انزل ایک طرح سے ان سب کا مذاق اڑا رہا ہے۔ ان کی بے عزتی کر رہا ہے۔وہ سب یہی سوچنے لگے۔

''ٹھیک ہے انزل۔'' وزیر اعظم کے چہرے پر غصہ کا تاثر نہیں آیا۔انہوں نے بڑے سکون سے انزل سے پوچھا،''اب تم بتاؤ کس طرح پانی آسانی سے ہمالیہ سے راجستھان پہونچے گا۔''

’’ایک ندی کے ذریعے۔‘‘انزل نے سکون سے جواب دیا۔

’کون سی ندی ہے؟‘‘سب نے ایک ساتھ جواب دیا۔

’’وہ ندی جو ہمالیہ سے راجستھان جاتی ہو۔‘‘انزل نے کہا۔

’مگرایسی کسی ندی کا تو وجود ہی نہیں ہے جو ہمالیہ سے نکل کر راجستھان کو جاتی ہے۔ اگر وہ ایسی ندی ہوتی تو اس قحط سالی میں بھی راجستھان کو پانی کی تکلیف کا سامنا نہیں کرنا پڑتا۔ اسے مسلسل پانی اس طرح ملتا رہتا جس طرح یوپی کو گنگا کے ذریعے مل رہا ہے۔‘‘ کمیٹی کا چیئرمن غصہ سے بولا۔

’’مجھے پتہ ہے ایسی کوئی ندی نہیں ہے۔‘‘انزل نے مسکرا کر کہا،’’ہم ایک نئی ندی بنائیں گے۔اس نئی ندی کے ذریعہ یہ پانی ہمالیہ سے نکل کر بہتا ہوا راجستھان پہونچے گا۔‘‘

’’نئی ندی بنائیں گے!‘‘ سب حیرت سے انزل کا چہرہ دیکھنے لگے۔انہیں ایسا محسوس ہورہا تھا یہ لڑکا پاگل ہوگیا ہے، ساری دنیا جانتی ہے ندیاں قدرت بناتی ہے انسان نہیں بناتے تو پھر بھلا ہم کس طرح نئی ندی بنا سکتے ہیں۔

’’جس طرح ندیاں بنتی ہیں۔‘‘انزل نے مسکرا کر کہا تو اس کے انداز پر پھر سب کو غصہ آ گیا۔

’’تم کہنا کیا چاہتے ہو؟ پہیلیاں نہ بجھاؤ صاف صاف کہو۔‘‘چیئرمن غصّے سے بولا۔

’ہم ہمالیہ کے کسی علاقہ میں جہاں بہت زیادہ برف ہے۔مشینوں کے ذریعے اس برف کو پگھلائیں گے۔اس پگھلی ہوئی برف کا پانی خود بخود ایک ندی کی شکل اختیار کر کے پہاڑوں سے میدان میں آئے گا۔ پانی کا یہ اصول ہے جہاں ڈھلوان ہو اس طرف اپنا راستہ بنالیتا ہے۔ اگر پانی کے رخ کی ڈھلان راجستھان کی طرف ہوئی تو یہ پانی راجستھان کی طرف بڑھے گا۔ اگر کہیں پر یہ پانی اپنا رخ بدل کر راجستھان سے دوسری طرف جانے لگے تو ہمیں فوراً اس کا راستہ روک کر اس کا رخ راجستھان کی طرف کرنے کی محنت کرنی ہوگی۔ جیسے جیسے ندی میں پانی بڑھتا جائے گا ندی آگے بڑھتی جائے گی اور

اس طرح یہ پانی راجستھان تک پہونچ جائے گا اور اس کا استعمال ہم راجستھان کے لوگوں کی پیاس بجھانے کے لیے کرسکیں گے۔ ممکن ہے یہ کام ایک مہینہ میں ہو جائے یا پھر ممکن ہے اس کام کو چھ مہینہ بھی لگ جائیں۔ لیکن ایک بار اگر ہمالیہ سے نکل کر راجستھان آنے والی یہ ندی تیار ہو گئی تو تا حیات راجستھان اس ندی اور اس ندی کے پانی سے سیراب ہوتا رہے گا اور اس وقت راجستھان کو جس مصیبت کا سامنا کرنا پڑ رہا ہے وہ مصیبت بھی دور ہو جائے گی۔''

انزل کی بات سن کر سب خوشی سے اچھل پڑے۔

وزیر اعظم نے خود انزل کی اس بات پر تالی بجا کر اس کی حوصلہ افزائی کی اور کمیٹی کے ممبران سے پوچھا۔

''کیا اس طرح اس تجویز پر عمل کیا جا سکتا ہے؟ یہ کام ممکن ہے؟''

''بالکل ممکن ہے۔'' سب نے ایک ساتھ جواب دیا، ''یہ کام تو بڑی آسانی سے کیا جا سکتا ہے۔''

وزیر اعظم نے فوراً اس کام کو جنگی پیمانے پر کرنے کا حکم دے دیا۔ ہزاروں لوگوں اور مشینوں کو اس کام پر لگا دیا گیا۔

ہمالیہ کی برف مشینوں سے پگھلائی جانے لگی۔ پانی میدان میں آ کر ندی کی شکل اختیار کر کے آگے بڑھنے لگا۔ جہاں وہ راستہ تبدیل کرنے کی کوشش کرتا تو ہزاروں لوگ فوراً اس کا راستہ روک کر صحیح راستے پر ڈال دیتے۔ جہاں وہ پانی جو ایک ندی کی شکل میں آگے بڑھ رہا تھا کسی گاؤں شہر کی طرف بڑھتا اس کا رخ غیر آباد علاقوں کی طرف کر دیا جاتا دیکھتے ہی دیکھتے ایک نئی ندی تیار ہو گئی اور ہمالیہ کا پانی راجستھان تک پہونچ کر راجستھان کے پیاسے لوگوں کی پیاس بجھانے لگا۔

اس عجیب کام پر ساری دنیا انزل کی تعریف کر رہی تھی۔

ورشا کی تباہی

یہ خبر جنگل کی آگ کی طرح ساری دنیا میں پھیل گئی کہ دہشت گرد ہیکروں نے بھارت کے سب سے اہم سٹیلائٹ ورشا کو ہیک کرلیا ہے اور اب وہ سٹیلائٹ مکمل طور پر ہیکروں کے قبضے میں ہے۔

ہیکروں نے بھارتی حکومت سے اپنے ۲۰ رساتھیوں کو رہا کرنے اور سوئز بینک کے ایک اکاؤنٹ میں ۱۰۰ ارارب روپیہ جمع کرنے کا مطالبہ کیا تھا اور صاف کہہ دیا تھا کہ اگر دودن کے اندر ان کے مطالبے منظور نہیں کیے گئے تو وہ اس سٹیلائٹ کو تباہ کر دیں گے۔

اس سٹیلائٹ کو تباہ ہونے کے تصور سے ہی ہر ہندوستانی کانپ گیا تھا۔ پورے ہندوستان کے تمام اہم شعبوں کا دارومدار اُس سٹیلائٹ پر تھا۔ بینک، ٹرافک، کمیونیکیشن ،حکومت کی تمام اہم وزارتوں کا ڈیٹا اس سٹیلائٹ سے کنٹرول ہوتا تھا۔

اگر ہیکروں نے اپنی بات منوانے کے لیے ایک بھی کام بند کر دیا تو پورے ملک میں ہاہا کار مچ جائے گی۔

ابھی لوگ اس خدشہ کے بارے میں سوچ ہی رہے تھے کہ ہیکروں کی طرف سے دھمکی ملی۔

''ایسا محسوس ہوتا ہے۔ ہندوستانی حکومت کو ہمارے مطالبوں میں کوئی دلچسپی نہیں ہے۔اس لیے انہوں نے نہ تو ہمارا کوئی مطالبہ مانا ہے اور نہ ماننے کے بارے میں کوئی

پیش رفت کی ہے۔ ان کو اس بات کا نہ تو اندازہ ہے اور نہ پرواہ کہ اگر ہم نے اس سٹیلائٹ کو تباہ کر دیا تو پورا ملک تباہ ہو جائے گا۔ اس بات کا اندازہ کرانے کے لیے اور ان کی آنکھیں کھولنے کے لیے ہم چار چار گھنٹے بعد اس سٹیلائٹ سے جڑے تمام کام، وہ کام جو یہ سٹیلائٹ انجام دیتا ہے وہ بند کرنا شروع کر دیں گے۔ آغاز کے طور پر ہم سرکاری محکمہ کے تمام کام جو اس سٹیلائٹ کے ذریعے ہوتے ہیں اس کو بند کر رہے ہیں۔ اب نہ تو دفتروں میں اس سٹیلائٹ کے ذریعہ کیے جانے والا کوئی کام ہوگا اور نہ انہیں اس سٹیلائٹ میں محفوظ ڈیٹا مل سکے گا۔''

اس کے ساتھ ہی انہوں نے تمام سرکاری محکموں کا رابطہ ورشا سے منقطع کر دیا۔

ان کا رابطہ منقطع کرتے ہی سرکاری محکموں میں ہونے والے سارے کام بند ہو گئے۔

جب سارے سرکاری محکموں کے کام بند ہو گئے تو حکومت کو ہوش آیا کہ معاملہ کتنا سنجیدہ ہے۔ ابھی تک وہ سمجھ رہے تھے کہ وہ کوئی ایسا کام نہیں کریں گے جس سے کوئی نقصان ہو۔

اس سلسلے میں فوراً کابینہ کی ایک اہم میٹنگ شروع ہوگئی اور ہیکروں کے مطالبہ تسلیم کئے جائیں یا نہیں! اس بارے میں بحث کی جائے گی۔

نصف سے زائد وزیروں اور ممبران کا کہنا تھا کہ دہشت گرد ہیکروں کا مطالبہ نہ مانا جائے بلکہ تمام ایجنسیوں کو ان کو تلاش کرنے اور ان کو ختم کرنے کے کام پر لگا دیا جائے۔

لیکن جو سمجھدار قسم کے لوگ تھے وہ سمجھانے کی کوشش کر رہے تھے کہ ایسے وقت میں جوش و جذبات سے کام نہیں لینا چاہیے۔ اگر ان ہیکر دہشت گردوں کے مطالبات نہیں مانے گئے یا ان سے گفت شنید شروع نہیں کی تو جس طرح انہوں نے ایک نظام کو پوری طرح بند کر دیا ہے، دھیرے دھیرے ایک ایک کر کے وہ دوسرے نظاموں کو بھی

بند کرنا شروع کر دیں گے اور ملک میں ایک ہاہا کار مچ جائے گا۔

لیکن زیادہ تر لوگ اس بات پر اڑے تھے کہ ہم ایک ملک ہیں۔ دنیا کی سب سے بڑی اہم طاقت۔ اگر ہم دہشت گردوں کے سامنے جھک گئے تو ساری دنیا میں ہماری بدنامی ہوگی۔ آج ساری دنیا ہم سے ڈرتی ہے، کل کوئی بھی ہم سے نہیں ڈرے گا، کہے گا اتنی بڑی قوتِ ملک معمولی سے دہشت گردوں سے ڈر کر ان کے سامنے جھک گئی، دہشت گردوں کو جواب دے دیا جائے۔

''وہ چپ چاپ سٹیلائٹ سے اپنا قبضہ چھوڑ دیں۔ اگر انہوں نے سٹیلائٹ کا قبضہ نہیں چھوڑا۔ اس کے بعد اس کا کوئی فنکشن بند کر کے اس کو نقصان پہنچانے کی کوشش کی گئی تو ہماری ساری حفاظتی ایجنسیاں حرکت میں آ جائیں گی اور ان کو پاتال کے کونے سے بھی ڈھونڈ ھ نکال کر چن چن کر گنتّے کی موت مار دیا جائے گا۔''

مجبوراً حکومت کی طرف سے یہ پیغام دہشت گرد ہیکروں کو دے دیا گیا جس کو سن کر وہ غصہ میں آ گئے۔

''ہماری بات کو سنجیدگی کو سمجھنے کے بجائے دھمکیاں دی جا رہی ہے۔ ہمارے کسی بھی مطالبہ کو ماننے سے انکار کیا جا رہا ہے تو ٹھیک ہے پھر بھی ہم دو دنوں تک اپنے وعدے کے مطابق انتظار کریں گے اور دو دن بعد اس سٹیلائٹ کو مکمل طور پر تباہ کر دیں گے۔ اس سے پہلے ہم اس سٹیلائٹ کا ایک ایک فنکشن چار چار گھنٹے میں بند کرنا شروع کر دیں گے۔ سرکاری محکموں کے نظام کو بند کر کے سارے سرکاری کام کاج تو ہم بند کر چکے ہیں۔ اب ہم بینک کا فنکشن بند کر رہے ہیں۔ اب ہندوستان کا کوئی بھی بینک کام نہیں کر سکے گا۔''

اور سچ مچ انہوں نے بینک کا فنکشن بھی بند کر دیا۔

اس فنکشن کے بند کرتے ہی پورے ملک کے بینک بند ہو گئے۔ سارا بینکنگ کا نظام ٹھپ ہو گیا اور سارے کاروبار ٹھپ ہو گئے۔ لوگوں میں غم و غصہ کی لہر دوڑ گئی۔

”یا تو ہیکروں کے مطالبات مانگ کر ہم کو اس عذاب سے نجات دلائی جائے یا پھر ان دہشت گرد ہیکروں کا پتہ لگا کر چن چن کر ختم کر دیا جائے۔“

عوام اور اپوزیشن کے لیڈران یہ مطالبہ کرتے سڑکوں پر اتر گئے۔عوام میں بھی ایک بڑا طبقہ جو حکومت کا طرفدار تھا اس کا کہنا تھا دہشت گردوں کے سامنے نہیں جھکنا چاہیے۔ ان کا کوئی بھی مطالبہ نہیں ماننا چاہیے۔اگر ہم ان معمولی دہشت گردوں کے سامنے جھک گئے تو ساری دنیا جو ہماری قوت کا اعتراف کرتی ہے ہماری طاقت سے ڈرتی ہے ان کے دلوں سے ہمارا ڈر نکل جائے گا۔

اپنی طرف دار عوام کے اس دباؤ کے آگے حکومت نے بھی فیصلہ کر لیا کہ دہشت گردوں کا کوئی بھی مطالبہ منظور نہیں کیا جائے گا۔ بلکہ ان کی تلاش تیز کر دی جائے گی اور دو دنوں کے اندر ان کا پتہ لگا کر ان کو چن چن کر مار کر ان کا وجود صفحۂ ہستی سے مٹا دیا جائے گا۔

ساری حفاظتی تنظیموں کو حکم دے دیا گیا تھا کہ انہیں پورے اختیار ہیں وہ جو چاہے بلا کسی کی اجازت اور روک ٹوک وہ کام کر سکتے ہیں لیکن دو دن کے اندر دہشت گرد کیفر کردار تک پہنچنے چاہیے۔

حکومت کے اس تیور کو دیکھ کر دہشت گرد بھی غصہ میں آ گئے۔

”اگر حکومت اور اس کی حفاظتی ایجنسیاں یہ سمجھتی ہیں کہ وہ ہم کو تلاش کر کے ہمیں مار ڈالیں گی تو ہم بھی انہیں چیلنج دیتے ہیں کہ وہ دو دن تو کیا دو سالوں میں ہم کو ڈھونڈھ کر ہم کو ختم کر کے بتائیں اور اس دھمکی کا جواب ہم اس مواصلات کا نظام بند کر کے دیں گے۔اس کے بعد پورے ہندوستان کا مواصلاتی نظام بند ہو جائے گا۔ایک بھی ٹیلی فون، سیل فون، کمپیوٹر، انٹرنیٹ کام نہیں کر سکے گا۔جس سوشل میڈیا پر عوام ہمیں گالیاں دے رہی ہے وہ سوشل میڈیا بند ہو جائے گا۔“

اور انہوں نے اس سٹیلائٹ سے جڑا مواصلات کا فنکشن بند کیا۔اس فنکشن کے

بند ہوتے ہی دوسرا کہرام مچ گیا۔

سارے موبائیل فون، کمپیوٹر، انٹرنیٹ ڈیڈ ہو چکے تھے۔

لوگ نہ انٹرنیٹ کا استعمال کر پا رہے تھے اور نہ سیل فون کا۔ مواصلات کا پورا نظام ان دہشت گرد ہیکروں کے ہاتھ میں تھا۔ وہ جس کا سیل فون چاہتے شروع کر کے اس سے بات کرتے اور پھر اپنی بات پوری کر کے اس سیل فون کو پھر سے بند کر دیتے۔ چار گھنٹے کے بعد ٹریفک کے نظام کا فنکشن بند کر دیا گیا۔ جس کی وجہ سے پورے ملک میں ٹریفک کا نظام درہم برہم ہو گیا۔ ہوائی جہاز، ریلوے، بری جہاز اور سڑکوں کے سگنل بند ہو گئے اور وہ اپنی جگہ رک گئے۔

پوری سیکوریٹی ایجنسیاں شکاری کتوں کی طرح ان دہشت گردوں کو ڈھونڈھ رہی تھیں لیکن ان کا کوئی ایک سراغ بھی نہیں ملتا تھا۔ جس موبائیل سے وہ دھمکیاں دے رہے تھے یا اپنے پیغام دے رہے تھے اس کے سہارے انہیں ڈھونڈا جا سکتا تھا یا وہ یہ کام کہاں سے کر رہے ہیں اس بات کا پتہ لگا کر ان پر حملہ کر کے انہیں دبوچا جا سکتا تھا۔

لیکن اب تو انہوں نے مواصلات کا پورا نظام ہی بند کر دیا تھا۔ اب تو ان کے بارے میں بالکل پتہ ہی نہیں لگایا جا سکتا تھا۔ جب مواصلات کا نظام چل رہا تھا ان کے سیل فون کا پتہ لگانے کی کوشش کی گئی تھی لیکن اس کام میں بھی منہ کی کھانی پڑی تھی۔ وہ اس سٹیلائٹ ورشا۔ 1 کے ہی ایک فون کا استعمال کر کے حکومت سے رابطہ قائم کر رہے تھے، حکومت کو دھمکیاں دے رہے تھے۔ اس طرح ان کی موجودگی اور مقام کے بارے میں کوئی سراغ نہیں مل پا رہا تھا۔

ایک طرح سے پورا ملک پوری دنیا سے کٹ کر رہ گیا تھا اور پورے ملک کا دنیا سے بلیک آؤٹ ہو گیا تھا۔

سارے ملک کے لوگوں کا ایک دوسرے سے رابطہ ٹوٹ گیا۔ ٹی وی بھی بند ہو چکے تھے، کہیں سے نہ کوئی خبر آ رہی تھی اور نہ کہیں کوئی خبر جا پا رہی تھی۔

انزل اپنے موبائیل فون کو ہاتھ سے لے کر ایک موٹی سی کتاب میں سے مختلف کوڈ دیکھ کر موبائیل پر ٹائپ کر کے ایک نمبر سے رابطہ قائم کرنے کی کوشش کر رہا تھا۔ دو دن ہو گئے تھے اس لیے اسے پورا یقین تھا دہشت گردوں نے سٹیلائٹ ورشا۔1 کو تباہ کر دیا ہو گا اور اس کے تباہ ہوتے ہی دوسرے رابطے بھی ختم ہو گئے ہوں گے۔

لیکن دہشت گردوں نے سٹیلائٹ تباہ کر دیا یا وہ اب بھی چل رہا ہے اس کے بارے میں بھی کوئی خبر نہیں آ رہی تھی اس بارے میں تو ملک کے وزیر اعظم بھی کچھ بتا نہیں سکتے تھے۔

صرف ان کا ایک ہاٹ لائن والا فون چالو تھا۔ یہ ہاٹ لائن ان کی براہِ راست امریکہ میں وائٹ ہاؤس سے جڑی تھی۔

کچھ دیر قبل ہی وزیر اعظم کو امریکہ صدر کا فون آیا تھا اور اس نے وزیر اعظم کو یہ خبر سنائی تھی کہ دہشت گردوں نے ان کا سٹیلائٹ دھمکی کے مطابق تباہ کر دیا ہے۔ ایک دھماکے سے سٹیلائٹ خلا میں پھٹ پڑا تھا اور اس کا ملبہ چھوٹے چھوٹے ٹکڑوں کی شکل میں خلاء میں بکھر گیا ہے۔

امریکی صدر نے وزیر اعظم سے اس حادثہ پر دکھ کا اظہار کرتے ہوئے کہا تھا اس مشکل وقت میں امریکہ ہندستان کی ہر طرح سے مدد کرنے کے لیے تیار ہے اور جن دہشت گردوں نے ہندوستان کا سٹیلائٹ تباہ کر کے دہشت گردی کی انتہائی گری ہوئی حرکت کی تھی۔ امریکہ اس کی مذمت کرتا ہے اور ان دہشت گردوں کو سبق سکھانے میں بھارت کی پوری مدد کرے گا۔ وزیر اعظم نے سٹیلائٹ تباہ ہونے کی دکھ بھری خبر اپنے تمام ان رفیقوں کو سنائی تھی جو اس وقت ان کے قریب موجود تھے۔

ہر کوئی اپنے آپ کو پوری طرح بے بس محسوس کر رہا تھا۔ جو ہو گیا اس پر کسی کا بس نہیں چلا تھا۔ لیکن اب آگے کی زندگی کس طرح کٹے گی کچھ سمجھ میں نہیں آ رہا تھا۔

موبائیل بند، انٹرنیٹ بند، بینکنگ بند، سرکاری کام کاج بند، ٹریفک بند، بلکہ

سینکڑوں شہروں کی بجلی بھی بند ہوگئی تھی جن کی بجلی کی سپلائی وغیرہ کو اس سٹیلائیٹ سے کنٹرول کیا جاتا تھا اور وہ سارے شہر اندھیرے میں ڈوب گئے تھے۔

انزل نے اپنے موبائیل فون پر مسلسل الگ الگ نمبر اور کوڈ ٹائپ کر کے امریکن سٹیلائیٹ سے رابطہ قائم کر کے اس کے ذریعہ امریکہ میں مقیم ناسا میں کام کرنے والے اپنے دوست آصف سے رابطہ قائم کرنے کی کوشش کر لی تھی۔

لیکن انزل جس امریکن سٹیلائیٹ سے رابطہ قائم کرنے کی کوشش کر رہا تھا وہ دراصل ایک فوجی سٹیلائیٹ تھا۔

اس سٹیلائٹ کے ذریعے امریکن فوجی جو ایسے علاقوں میں ہوتے تھے جہاں پر موبائیل کا نیٹ ورک، ٹاور انٹرنیٹ نہ ہو، رابطہ قائم کر کے ایک دوسرے سے یا دنیا میں کسی سے بھی رابطہ قائم کرتے تھے۔

لیکن اس امریکن فوجی سٹیلائٹ سے رابطہ قائم کرنا اور پھر اس کے ذریعے دنیا کے کسی بھی کونے میں اپنے مطلوبہ شخص سے رابطہ قائم کرنا اتنا آسان کام نہیں تھا۔

لیکن کیوں کہ انزل اس کام میں ماہر تھا۔ اس لیے اسے پورا یقین تھا کہ وہ اس سٹیلائٹ سے رابطہ قائم کرنے میں کامیاب ہو جائے گا۔ اس سٹیلائٹ سے اس کے فون کا رابطہ قائم ہوتے ہی اس کا فون چلنے لگے گا اور پھر وہ اس کے بعد دنیا کے کسی بھی فون سے رابطہ قائم کر سکتا ہے۔

یہاں تک کہ وہ ہندوستان میں بھی کسی بھی موبائیل سے رابطہ قائم کر سکتا تھا۔ بھلے ہی وہ نیٹ ورک نہ ہونے کی وجہ سے بند ہو۔ کیوں کہ سٹیلائٹ سے رابطہ قائم ہو جانے کے بعد دنیا کے جس فون پر بھی کال کی جاتی تھی سٹیلائٹ اس فون کو نہ صرف کال روانہ کرتا تھا بلکہ سگنل بھی روانہ کرتا تھا۔ کال اس موبائیل سے کنکٹ ہوتے ہی اس میں نیٹ ورک بھی آ جاتا تھا اور اس کال کے بعد وہ فون چالو ہو جاتا تھا اور اس فون سے دنیا کے کسی بھی فون سے آسانی سے رابطہ قائم کیا جا سکتا تھا۔

کیوں کہ وہ فون بھی ڈائرکٹ سٹیلائٹ سے جڑ جاتا تھا اور سٹیلائٹ کا نیٹ ورک جڑ جاتا تھا اور سٹیلائٹ کا نیٹ ورک استعمال کرنے لگتا تھا اس وجہ سے اس فون سے دنیا میں کسی بھی فون کو کال کی جاسکتی تھی اور دنیا کے کسی بھی کونے سے آنے والی کال ریسیو کی جاسکتی تھی۔

یہ ایک طرح کی ہیکنگ تھی جو گناہ میں شامل تھی۔

لیکن اس وقت انزل کے سامنے اس گناہ کو کرنے کے علاوہ کوئی راستہ نہیں تھا کیوں کہ وہ اپنے ملک کے لیے، ایک نیک کام کے لیے یہ ہیکنگ کا کام کر رہا تھا۔

آخر کئی گھنٹوں کی محنت کے بعد وہ اپنی کوشش میں کامیاب ہوگیا تھا۔ اس نے امریکن ملٹری سٹیلائٹ کی ایک مشین کو مکمل طور پر ہیک کرلیا تھا۔ اب وہ اس کی وجہ سے دنیا میں کہیں بھی کسی سے بھی رابطہ قائم کرسکتا تھا۔ رابطہ قائم ہوتے ہی اس نے اپنے دوست آصف کو فون لگایا۔

''ارے انزل۔ یہ تم ہو؟ تمہاری کال ہے!'' اس کی آواز سنتے ہی آصف حیرت سے بولا، ''ابھی ابھی ناسا میں خبر آئی کہ دہشت گردوں نے تمہارا سٹیلائٹ ورشا۔1 تباہ کر دیا ہے۔ جس سے ساری دنیا سے بھارت کا رابطہ ٹوٹ گیا ہے اور بھارت مکمل طور پر دنیا والوں کے لیے بلیک آؤٹ ہوگیا ہے؟ پھر تم نے مجھے کس طرح فون کیا؟ تمہارا فون کس طرح چالو ہے جب کہ سارے ہندوستان کے فون بند ہیں۔''

''وہ ساری باتیں میں بعد میں بتاؤں گا، پہلے میں جو بتا رہا ہوں اس کو غور سے سنو اور مجھے یہ بتاؤ کیا ایسا ممکن ہے؟'' کہہ کر انزل نے اس کو بہت سی باتیں بتاتے ہوئے سوال کیا۔

''کیا ایسا ممکن ہے؟''

''بالکل ممکن ہے۔ ایسا آسانی سے کیا جاسکتا ہے۔'' آصف نے جواب دیا، ''تم اپنی پوری کوشش کرو، مجھے پورا یقین ہے تم اس کوشش میں کامیاب ہو جاؤ گے۔ اس سلسلے

میں میری جو بھی مدد تمہیں درکار ہے مجھ سے کہنا، میں ہر طرح سے تمہاری مدد کرنے کو تیار ہوں۔''

''ٹھیک ہے میں بعد میں بات کرتا ہوں۔'' آصف کی بات سن کر اس نے فون کاٹ دیا اور ملک کے وزیر اعظم کو فون لگانے لگا۔''سر میں انزل نامی ایک نوجوان بول رہا ہوں۔ آپ کو معلوم ہوگا ہمارا اسٹیلائٹ تباہ ہو چکا ہے اور ساری دنیا سے ہمارے رابطے ٹوٹ چکے ہیں۔ سارا نظام درہم برہم ہو چکا ہے، مگر گھبرانے کی کوئی بات نہیں۔ میں دو دن میں پورے نظام کو دوبارہ بحال کر کے آپ کو بتا سکتا ہوں۔'' انزل نے کہا۔

''ارے یہ تو بڑی خوشی کی بات ہے۔'' وزیر اعظم خوشی سے اچھل پڑے۔ ''مگر تم کون ہو؟ جب سارے ہندوستان کے فون بند ہیں، تم کس طرح فون لگا رہے ہو اور یہ میرا فون جو بند تھا اچانک چالو کیسے ہو گیا؟''

''یہ میں بعد میں بتاؤں گا۔'' انزل نے جواب دیا، ''مجھے ہندوستان اسپیس ڈپارٹمنٹ کا نمبر چاہیے۔ میں ان سے بات کر کے ساری باتیں بتا دوں گا۔''

وزیر اعظم نے انزل کو ہندوستان اسپیس ڈپارٹمنٹ کا نمبر دے دیا۔ اس طرح اس کا کام آسان ہو گیا تھا۔

اب اسے اپنے چیلنج کے مطابق دو دنوں میں سٹیلائٹ ورشا کو دوبارہ شروع کرنا ہے جو پوری طرح تباہ ہو چکا ہے۔

ورشا کی تلاش

انزل نے انڈین اسپیس ایجنسی کے چیف ڈائریکٹر منوہر کو فون لگایا۔

''میرا نام انزل ہے۔ مجھے آپ کا نمبر وزیر اعظم نے دیا ہے۔ ہمارا اسٹیلائٹ ورشا جو پوری طرح سے تباہ ہوگیا ہے اور جس کی وجہ سے پورا ملک دنیا سے کٹ گیا ہے۔ پورے ملک کا کاروبار، مواصلات کا کام پوری طرح ٹھپ ہے، میں دو دن میں اسے بحال کردوں گا۔ ایسا میں نے وزیر اعظم سے وعدہ کیا ہے۔ چاہیں تو آپ میرا نام لے کر ان سے پوچھ سکتے ہیں۔''

''لیکن تم ہو کون؟'' ڈاکٹر منوہر نے حیرت سے پوچھا، ''میرا فون تو بند تھا۔ سارے ملک کے فون بند ہیں، پھر یہ اچانک چالو کیسے ہوگیا؟ اور تم کس طرح مجھ سے بات کر رہے ہو؟''

''آپ وزیر اعظم سے میرے بارے میں پوچھ لیں۔ آپ کا فون چالو ہوگیا ہے اور اب یہ چالو رہے گا، آپ اس فون سے کسی بھی فون کو کال کر سکتے ہیں۔ آپ کے کال کرتے ہی وہ فون بھی چالو ہو جائے گا۔ میں نے جو پتہ بتایا ہے، فوراً اس پتہ پر مجھے آپ کے پاس آنے کے لیے گاڑی بھیجیے۔ کوئی شک ہو تو وزیر اعظم سے بات کرلیں۔'' کہہ کر انزل نے فون بند کردیا۔

دس منٹ بعد ڈاکٹر منوہر کا فون آیا۔

''میں نے وزیر اعظم سے بات کی ہے، انہوں نے کہا ہے، تم نے یہ دعویٰ کیا ہے

کہ دو دنوں میں ورشا سٹیلائٹ کو پوری طرح بحال کر کے سارے کام کاج پہلے کی طرح معمول کے مطابق شروع کر دو گے۔ اس لیے آپ کی ہر طرح سے مدد کی جائے میں بھا سا کے ہیڈ کوارٹر آپ کو بلانے کے لیے اپنی گاڑی بھیج رہا ہوں۔''

ایک گھنٹے کے اندر ڈاکٹر منوہر کی گاڑی اسے لینے کے لیے آ گئی اور آدھے گھنٹے کے اندر وہ ڈاکٹر منوہر کے سامنے بیٹھا تھا۔

''پہلے یہ بتاؤ تم ہو کون؟ ایک معمولی سے نوجوان، جس نے ورشا کو دو دن کے اندر بحال کرنے کا دعویٰ کیا ہے۔ مجھے تو تم گویا پاگل لگتے ہو۔ جانتے ہو وہ سٹیلائٹ میں نے ڈیزائن کیا۔ اس کے سارے سسٹم اور فنکشن میری نگرانی میں تیار ہوئے تھے۔ اس سٹیلائٹ کو تیار کرنے، ان تمام فنکشن کو شروع کرنے میں ہمارے جیسے ماہرین کی ٹیم جو پورے ایک ہزار سائنسدانوں پر مشتمل تھی، اس کو پورے پانچ سال لگ گئے تھے اور جب وہ سٹیلائٹ پوری طرح سے تباہ ہو چکا ہے تم اس کو دو دنوں میں بحال کرنے کی بات کر رہے ہو۔ اتنا بڑا مذاق تو سب کے ساتھ مت کرو۔'' ڈاکٹر منوہر نے انزل سے کہا۔

''میں اپنے بارے میں ابھی کچھ نہیں کہوں گا، میرا کام بتا دے گا کہ میں کون ہوں اور میں کیا کر سکتا ہوں۔ اس کی ایک ادنیٰ سی مثال آپ کا اور وزیر اعظم کا فون میں نے چالو کر دیا ہے۔ جو کسی بھی صورت میں چالو نہیں ہو سکتا تھا۔ کیوں کہ سارے سیلولر سسٹم تباہ ہو چکے ہیں۔'' انزل ڈاکٹر منوہر کی آنکھوں میں دیکھتا ہوا بولا۔

''ہاں یہ بڑی حیرت کی بات ہے۔ میرا فون چالو ہو گیا ہے اور اسی طرح چل رہا ہے۔ جس طرح پہلے چلتا تھا۔'' ڈاکٹر منوہر بولے۔

''میں نے ایک امریکن ملٹری سٹیلائٹ سسٹم کو ہیک کر کے اس سے اس فون کو جوڑ دیا ہے اور یہ فون اس کے ذریعے کام کر رہے ہیں۔ خود امریکیوں کو بھی اس بات کا پتہ نہیں چلے گا کہ ان کے سسٹم کا ایک حصہ ہیک ہو چکا ہے اور ہم اس کو استعمال کر رہے ہیں۔'' انزل نے کہا۔

''سچ مچ تمہارا یہ کام تو کمال کا ہے۔ تم نے ایسا کام کیا ہے جس کے بارے میں کوئی سوچ بھی نہیں سکتا تھا۔'' ڈاکٹر منوہر بولے، ''ٹھیک ہے اب کام کی بات کرتے ہیں تعریف پھر کبھی۔''

انزل نے پوچھا ''ہمارے پاس کوئی ایسا سٹیلائٹ موجود ہے جو بالکل ورشا۔1 کی طرز کا ہو۔''

''ہاں گذشتہ سال ہم نے ورشا۔1 کی طرز کا ایک سٹیلائٹ ورشا۔۲ بنا کر خلاء میں چھوڑا تھا۔ اس کو سیٹ کیا تھا، وہ پوری طرح اور اچھی طرح کام کر رہا ہے۔ ہم اس کے ذریعے فوج کے کام لینا چاہتے تھے۔'' ڈاکٹر منوہر بولے۔

''تب تو یہ کام اور بھی آسان ہو گیا۔'' انزل بولا، ''اگر ہمارے پاس کوئی سٹیلائٹ موجود نہیں ہوتا تو ہم کو دوسرے کسی ملک کا سٹیلائٹ اس تمام نظام کو بحال کرنے کے لیے کرایہ پر لینا پڑتا۔''

''مگر تم اس سٹیلائٹ سے کیا کام لینا چاہتے ہو؟'' ڈاکٹر منوہر نے انزل سے پوچھا۔

''وہ تباہ ہو گیا ہے۔ کیا یہ سٹیلائٹ ورشا۔1 کے سارے کام کر سکے گا؟'' انزل نے پوچھا۔

''بالکل کر سکتا ہے لیکن اس سٹیلائٹ میں وہ تمام سسٹم نصب کرنے میں اور اسے چالو کرنے میں برسوں لگ جائیں گے۔'' ڈاکٹر منوہر بولے۔

''وہ کام آپ لوگ کریں گے تو برسوں لگ جائیں گے۔'' انزل بولا۔ ''آپ لوگوں کے کام کرنے کا انداز الگ ہے۔ میرا کام کرنے کا انداز الگ ہے۔ میں وہ سارے کام جو آپ برسوں میں کریں گے، دو دن میں کر لوں گا۔''

''تم دو دن کا دعویٰ کر کے مجھے غصہ دلا رہے ہو۔'' ڈاکٹر منوہر بولے ''مجھے اچھی طرح معلوم ہے کس کام کو انجام دینے میں کتنا وقت لگتا ہے۔''

''پلیز! آپ میری بات پر غصہ مت کیجئے۔ صرف میں جو پوچھتا ہوں وہ بتائیے اور میری مدد کریں اور مجھے اپنے انداز سے کام کرنے دیں۔'' انزل ڈاکٹر منوہر سے بولا، ''اگر میں یہ کام نہیں کر پایا تو اپنا سارا غصہ دل کھول کر مجھ پر نکالیے۔ چاہے تو اس دعویٰ پر اگر جھوٹا ثابت ہوا تو آپ مجھے گولی مار دیجئے گا۔''

''سوری!'' ڈاکٹر منوہر انزل سے بولے۔ ''میں بلا وجہ غصہ کر رہا ہوں۔ سچ مچ مجھے غصہ اس وقت کرنا چاہیے جب تم دعویٰ کے مطابق اپنا کام انجام نہ دے سکو۔''

''بالکل...''

''بتاؤ میں تمہاری کیا مدد کروں؟'' ڈاکٹر منوہر نے پوچھا۔

''مجھے یہ بتائیے کیا سٹیلائٹ ورشا۔ ۲ پوری طرح آپ کے کنٹرول میں ہے؟ آپ اس سے جو چاہے کام لے سکتے ہیں؟''

''بالکل پوری طرح ہمارے کنٹرول میں ہے اور ہم اس سے جو چاہے کام لے سکتے ہیں۔'' ڈاکٹر منوہر نے جواب دیا۔

''ویری گڈ اس طرح سے میرا آدھا کام تو ختم ہو گیا، اچھا یہ بتائیے سٹیلائٹ ورشا۔ 1 کی تمام خدمات بحال کرنے کے لیے آپ کے پاس کیا پلان ہے اور اس کام میں کتنا وقت لگ سکتا ہے۔''

''اس کے لیے ہمارے پاس تو کوئی پلان نہیں ہے کیوں کہ اس کے تباہ ہونے کے بعد ہمیں اس بارے میں منصوبہ بندی کرنے کا موقع ہی نہیں مل سکا ہے۔ ہم اس صدمہ سے ابھی تک نہیں ابھر سکے ہیں۔ لیکن کیوں کہ سارا کام میں نے کیا ہے۔ اس لیے مجھے ورشا۔ 1 کو بحال کرنے کے لیے کیا کیا کام کرنے پڑیں گے اس کا مجھے پوری طرح اندازہ ہے۔ ورشا۔ 1 کے طرز کا ایک نیا سٹیلائٹ بنانا پڑے گا۔ جس کو بنانے میں تین چار سال لگ سکتے ہیں۔ ایسے میں کسی سے تیار سٹیلائٹ خریدنا پڑے گا جس کی قیمت اربوں روپیہ ہو سکتی ہے۔ پھر اس نے سٹیلائٹ میں وہ ایک ایک سسٹم فکشن جو ورشا۔ 1

میں کام کرتا تھا انسٹال کرنا پڑے گا۔اس کو انسٹال کرنے اور شروع کرنے میں شاید ایک سال سے زائد وقت لگ جائے۔'' ڈاکٹر منوہر نے جواب دیا۔

''ٹھیک ہے آپ کو اتنی محنت نہیں کرنی پڑے گی۔'' انزل نے کہا'' اب میں یہ نہیں کہوں گا کہ میں یہ سارے کام دو دن کے اندر کردوں گا کیوں کہ آپ کو غصہ آجائے گا۔''

''نہیں نہیں۔'' ڈاکٹر منوہر بولے۔'' اب میں یہ غصہ اس وقت کروں گا جب تم یہ کام دو دن کے بجائے دو سال میں بھی مکمل نہیں کر پاؤ گے۔''

'ان سارے کاموں کو دو سال نہیں صرف دو دن لگیں گے۔'' نہ چاہتے ہوئے بھی انزل کی زبان پر وہ بات آگئی۔ جو وہ کہہ کر ڈاکٹر منوہر کو غصہ دلانا نہیں چاہتا تھا۔لیکن اس کی بات سن کر ڈاکٹر منوہر نے کسی غصہ کا اظہار نہیں کیا۔

''اب مجھے یہ بتایئے۔ ہمارے تباہ ہونے والے ورشا۔1 سٹیلائٹ کا کیا بیک اپ لیا جاتا تھا؟'' انزل نے پوچھا۔

''ہاں لیا جاتا تھا۔تین جگہ اس کا بیک اپ لیا جاتا تھا۔'' ڈاکٹر منوہر نے جواب دیا۔

''کتنے دنوں میں؟''

''ہر گھنٹے پر۔'' ڈاکٹر منوہر نے جواب دیا۔

''یس!'' انزل نے خوشی سے زور سے ہوا میں مٹھی لہرائی'' اس کا مطلب یہ کہ میں یہاں ہونے والے کاموں کے بارے میں اندازہ لگا رہا تھا۔ میرا اندازہ بالکل درست تھا۔اس طرح میرے کام میں اور زیادہ آسانی ہوگی۔اب مجھے یہ بتائیے ورشا۔1 کا بیک اپ کہاں کہاں لیا جاتا تھا۔''

''ایک ہمارے ملٹری سٹیلائٹ کے سرور میں۔ دوسرا ایک بیک اپ کرائے کے سٹیلائٹ کے سرور میں۔ جس کا ہم اس سٹیلائٹ کو کرایہ ادا کرتے تھے۔ تیسرا یہاں بھا سا کے سرور میں۔''

’’ویری گڈ۔‘‘ سن کر انزل بولا۔

’’کیا آپ مجھے اس وقت خلاء میں جو ہمارا اسٹیلائٹ ورشا۔ ۲ ہے اس کے سرور کا اور جہاں جہاں تباہ شدہ ورشا۔ 1 کا بیک اپ لیا جاتا ہے۔ ان سرور کے استعمال کی اجازت دیں گے؟‘‘

’’ورشا۔ ۲ کو تو ہمارے اسی مرکز بھاسا کے مرکز سے کنٹرول کیا جاتا ہے۔ اس کے استعمال کی تو میں اجازت دے دوں گا۔ یہاں پر ہی اس کا بیک اپ ہوتا تھا اس کی اجازت بھی دے دوں گا۔ ملٹری سٹیلائٹ کے سرور کو استعمال کرنے کی اجازت بھی مل جائے گی۔ ہاں جو کرائے سے جس سٹیلائٹ میں بیک لیا جاتا تھا اس کے لیے اس کمپنی سے اجازت لینی پڑے گی۔‘‘

’’مجھے تینوں سرور کی ضرورت نہیں ہے صرف کسی ایک سرور کو استعمال کرنے کی ضرورت پڑے گی۔‘‘

’’وہ تو ہمارے اس بھاسا مرکز کا سرور یا ملٹری سٹیلائٹ کا سرور آسانی سے استعمال کرنے کے لیے مل جائے گا۔‘‘ ڈاکٹر منوہر نے جواب دیا۔

’’کیا ان سرور میں جب دہشت گرد ہیکروں نے ورشا۔ 1 کو ہیک کیا تھا اس وقت کا بیک اپ مل جائے گا۔‘‘ انزل نے پوچھا۔

’’بالکل مل جائے گا۔ ہر ایک گھنٹہ میں تینوں سرور میں سارے ڈیٹا کا بیک اپ خود کار طریقے سے لیا جاتا تھا اور تینوں سروروں میں ایک سال تک اس بیک اپ کو محفوظ رکھنے کا انتظام ہے۔‘‘

’’ویری گڈ۔‘‘ انزل بولا ’’اب مجھے آپ دونوں سرور کا استعمال کرنے کی اجازت اور طریقہ بتا دیجئے۔‘‘

’’بالکل بتا دوں گا۔‘‘ انزل کی بات سن کر ڈاکٹر منوہر مسکرا دیئے۔ ’’لیکن تم ان کو استعمال کس طرح کر پاؤ گے؟ یہاں تو مواصلات کا سارا نظام ٹھپ ہے۔ مواصلات

اور بیک اپ والے ملٹری اور کرائے کے سٹیلائٹ کا رابطہ اس مرکز سے ہوتا تھا اور اس مرکز کا مواصلہ رابطہ ہے تو رابطہ بھی ٹوٹ چکا ہے۔ ہم بنا مواصلاتی رابطہ کے کسی بھی سرور یا سٹیلائٹ سے رابطہ قائم کر ہی نہیں پائیں گے۔''

''اور یہ سن کر انزل کے چہرے پر تشویش کی لکیریں ابھریں،'' یہ تو بہت بڑا مسئلہ ہے۔''

اس کا دماغ تیزی سے کام کر رہا تھا۔

پھر اس نے ڈاکٹر منوہر سے سوال کیا۔

''اگر ہم دنیا کے کسی دوسرے ملک، دوسرے ملک کے سٹیلائٹ سے مواصلات کی خدمات لیں تو کیا بھا سا مرکز کا مواصلاتی نظام قائم کرنے لگے گا اور اس کے ذریعے ورشا۔ ۲ اور ملٹری سرور سے رابطہ قائم کرنا ممکن ہو سکے گا؟''

''ہاں اگر ہم کسی دوسرے ملک کے سٹیلائٹ سے بھی مواصلات کے رابطہ کی خدمات لے لیں تو یہ سسٹم پوری طرح کام کرنے لگے گا۔ لیکن تم کو پتہ نہیں یہ کام اتنا آسان نہیں ہے اس کے لیے سب سے پہلے حکومت سے منظوری لینی پڑے گی۔ حکومت کابینہ سے منظوری لے گی اس کے بعد ہی ہم کسی دوسرے ملک سے مواصلاتی رابطہ کی خدمات لے سکتے ہیں۔ پھر وہ ملک بھی مواصلاتی رابطہ کی خدمات فراہم کرنے میں مہینوں لگا سکتا ہے۔''

''حکومت اور کابینہ سے منظوری لینے کی کوئی ضرورت نہیں ہے۔'' انزل بولا'' مجھے وزیراعظم خود اپنے طور پر ہر کام کرنے کی اجازت دے چکے ہیں اور مواصلاتی سٹیلائٹ سے رابطہ کی خدمات حاصل کرنے میں بھی مہینوں نہیں لگیں گے۔ میرے پاس امریکن ملٹری سٹیلائٹ کا ہیک سرور ہے۔ میں اس سے اس مرکز کا رابطہ قائم کر دیتا ہوں۔'' انزل بولا۔

ڈاکٹر منوہر اس کی باتیں سن کر حیران رہ گئے۔ ان کی کچھ سمجھ میں نہیں آ رہا تھا کہ

ایسا بھی ہوسکتا ہے۔

''تم جو مناسب سمجھو۔'' ان کے منہ سے نکلا۔

انہوں نے بھاسا مرکز کے رابطہ کے کمپیوٹر کے سرور پر بٹھا کر رابطہ کے سارے طریقہ بتادیئے۔

انزل اس پر بیٹھ کر امریکن ملٹری سٹیلائٹ کے سرور سے بھاسا مرکز کا رابطہ جوڑنے کی کوشش کرنے لگا۔

دو گھنٹے کی محنت کے بعد رابطہ قائم ہوگیا۔

اور بھاسا مرکز کا سارا مواصلاتی نظام پوری طرح کام کرنے لگا۔

ڈاکٹر منوہر آنکھیں پھاڑ پھاڑ کر انزل کو دیکھنے لگے۔

''آپ اس طرح مجھے کیوں دیکھ رہے ہیں؟'' انزل نے پوچھا۔

''دیکھ رہا ہوں تم انسان ہو یا کوئی جن، دیو یا کوئی جادوگر جس کام کو ہم نے ایک ناممکن کام سمجھ لیا تھا اور اندازہ لگا لیا تھا کہ اب ہمارا یہ مرکز کئی مہینوں تک بند رہے گا اس سسٹم کو کس طرح شروع کریں گے، کیا یہ دوبارہ کام کرے گا؟ کیا ہم پھر سے سارے کام کرسکیں گے۔ یہ سوچ سوچ کر ہی ہم پریشان تھے تم نے پلک جھپکتے ہی وہ سارے کام کردیئے۔ میں سمجھ نہیں پارہا ہوں یہ سب کیسے ہوگیا! میں ۲۵ رسال سے اس مرکز میں کام کرتا ہوں۔ بنا پوری معلومات لیے ایک بٹن دبانے کی ہمت نہیں کرتا ہوں اور تم نے بنا کوئی معلومات حاصل کیے اتنا بڑا کام کردیا۔'' ڈاکٹر منوہر حیرت سے انزل کو دیکھتے ہوئے بولے۔

''اس کی ایک ہی وجہ ہے۔'' انزل نے مسکرا کر جواب دیا۔

''کیا؟'' ڈاکٹر منوہر نے پوچھا۔

''آپ کی معلومات اور تجربہ ۲۵ سال پرانا ہے اور میری معلومات ۲۵ رگھنٹے قبل کی۔ اس وجہ سے یہ ممکن ہوا۔'' انزل نے مسکرا کر کہا۔ اب مجھے اس سسٹم میں کھوئے

ہوئے ورشاء ۔1 کوتلاش کرنا ہے۔تا کہ اس کوتلاش کر کے دوبارہ اپنے مقام پر پہنچا سکوں۔ بس دعا کیجئے امریکیوں کو پتہ نہ چلے کہ ہم ان کے سٹیلائٹ کا استعمال کررہے ہیں۔اگران کومعلوم ہوگیا تو وہ سٹیلائٹ کا رابطہ توڑ دیں گے اور ہمارا یہ مرکز پھر سے اندھیرے میں ڈوب جائے گا۔ہم کچھ نہیں کر پائیں گے۔ مجھے اس سے پہلے کہ یہ رابطہ منقطع ہو، سارے کام کرنے ہیں۔''

اورانزل اپنے کاموں میں لگ گیا۔

''اگرتم کوکسی کام میں مدد کی ضرورت ہوتو کہو، میں مرکز کے سودوسولوگ بھی تمہاری مدد کو دے سکتا ہوں۔''ڈاکٹر منوہر نے کہا۔

''انشاءاللہ اس کی ضرورت نہیں پڑے گی۔''

انزل نے جواب دیا اوراپنے کام میں مصروف ہوگیا۔

ورشا کی واپسی

رات ہوگئی تھی۔ تین گھنٹے ہو گئے تھے۔ انزل مسلسل بھاسا مرکز کے سسٹم پر بیٹھا کام کر رہا تھا، اور ڈاکٹر منوہر اس کے بازو میں بیٹھے اسے دیکھ رہے تھے۔ وہ کیا کام کر رہا تھا ان کی کچھ سمجھ میں نہیں آرہا تھا۔

صرف دو بار اس نے ان سے بات کی تھی۔

ایک بار انہوں نے ورشا۔ ۲ سے رابطہ قائم کرنے اور اس کے سرور سے کنکٹ کرنے کو کہا تھا۔ دوسری بار بھاسا مرکز کے اس سرور کا پاس ورڈ پوچھا تھا جہاں پر ورشا۔ 1 کا بیک اپ لیا جاتا تھا۔

رات بارہ بجے کے قریب اس نے ایک خوشی بھری چیخ ماری تھی۔

''یس... میں نے کر دیا'' اور ایک جھٹکے سے اپنے بازوؤں کو ہوا میں لہرا کر انہیں جھٹکا دیا تھا۔

''کیا ہوا...؟'' ڈاکٹر منوہر نے اس سے حیرت سے پوچھا تھا۔

''میں نے ورشا۔ 1 کے سسٹم کا پورا بیک اپ اور ورشا۔ 1 ہیک ہونے سے پہلے اس کے سارے ڈیٹا کا بیک اپ حاصل کر لیا ہے۔'' انزل نے فاتحانہ انداز میں کہا تھا۔

انزل کے چہرے پر جو تاثرات تھے اور اس کے چہرے پر جو خوشی عیاں ہو رہی تھی اس سے ایسا محسوس ہو رہا تھا اس نے بہت بڑی کامیابی حاصل کر لی ہے۔

لیکن وہ کامیابی کس قسم کی ہے ڈاکٹر منوہر جیسا ماہر آدمی بھی سمجھ نہیں پا رہا تھا۔

یہ سارا کام بے شک ان کی نگرانی میں ہوا تھا۔ لیکن انہوں نے پورے کام پر صرف نگرانی رکھی تھی۔ سارے کام ان کے معاونین اور سینکڑوں سائنسدانوں نے انجام دیئے تھے۔ اس لیے اس میں کیا کیا کام کیے گئے ہیں۔ انہیں اس بارے میں کچھ علم نہیں تھا۔

یہ تو بہت اچھی بات تھی۔ انزل ان سے کوئی بات نہیں پوچھ رہا تھا ورنہ ان کے لیے اس بات کا جواب دینا مشکل ہو جاتا تھا۔ جہاں تک پاس ورڈ کا تعلق ہے وہ مرکز کے ہیڈ تھے اس لیے سارے اہم پاس ورڈ تو انہی کے پاس رہتے تھے۔ اس لیے یہ ان کے لیے کوئی مسئلہ نہیں تھا۔

’’تم کیا کر رہے ہو انزل۔‘‘ ڈاکٹر منوہر نے جھجکتے ہوئے پوچھا، ’’کچھ مجھے بھی بتاؤ۔ تم جو کر رہے ہو، ٹھیک ہی کر رہے ہوگے، میں تمہارے کام میں دخل دینا نہیں چاہتا۔ تم نے اس پورے مرکز کا رابطہ بحال کر دیا۔ یہ اتنا بڑا کام ہے کہ میں تصور بھی نہیں کر سکتا ہوں۔ اس لیے مجھے پورا یقین ہے تم نے جو دعویٰ کیا ہے اس دعویٰ کو صحیح ثابت کر دو گے۔‘‘

’’ہمارا اسٹیلائٹ ورشا تو تباہ ہو گیا ہے۔‘‘ انزل نے کہا، ’’ورشا۔1 جو کام کرتا تھا اب پھر سے ان سارے کاموں کو کرنے کے لیے ہمیں ایک دوسرے سٹیلائٹ کی ضرورت ہوگی۔ جس کے ذریعے ہم وہ سارے کام کر سکیں جو ورشا۔1 کرتا تھا اور ان سارے کام کو کرنے کے لیے میں سٹیلائٹ ورشا۔۲ کا استعمال کرنا چاہتا ہوں اور اس کی آپ سے اجازت چاہتا ہوں۔‘‘

’’جب وزیر اعظم نے تمہیں ہر کام اپنی طور اور مرضی سے کرنے کی اجازت دے دی ہے تو مجھ سے اجازت لینے کی کوئی ضرورت ہی نہیں ہے‘‘۔ ڈاکٹر منوہر جذباتی ہو کر بولے، ’’جہاں تک ورشا۔۲ کو استعمال کرنے کا سوال ہے۔ ان سارے کاموں کو انجام دینے کے لیے ایک سٹیلائٹ کی ضرورت تو پڑے گی۔ خوش قسمتی سے وہ ورشا۔۲ کی طور پر ہے۔ اب جب اچانک ہمیں ایک سٹیلائٹ کی ضرورت آ پڑی ہے تو

اس کام کے لیے ہم اس کا استعمال کر سکتے ہیں کیوں کہ یہ اس وقت کی اہم ضرورت ہے۔''

''جی شکریہ ڈاکٹر صاحب۔'' انزل نے جواب دیا۔''اب میں ورشا۔ ۲ میں وہ آپریٹنگ سسٹم انسٹال کروں گا جس آپریٹنگ سسٹم کے تحت ورشا۔ 1 سارے کام کرتا تھا۔ایک بار ورشا۔ ۲ پر وہ سسٹم انسٹال ہو گیا تو ہم اس سے بڑی آسانی سے وہ کام لے سکیں گے جو ورشا۔ 1 کرتا تھا کیوں کہ یہ آپریٹنگ لِنک ورشا۔ ۲ پر اس سسٹم کو انسٹال ہونے میں کتنا وقت لگے گا مجھے خود اس بات کا علم نہیں ہے۔بس دعا کیجئے کہ امریکی لوگوں کو ہمارا پتہ نہ چلے اور وہ رابطہ منقطع نہ کریں۔''

''انسان جب کسی اچھے کام کرنے کا دل میں ٹھان لیتا ہے تو قدرت بھی اس کی مدد کرتی ہے۔اس لیے تم بے فکر ہو کر اپنا کام کرو۔مجھے پورا یقین ہے۔ہم ایک اچھا کام کر رہے ہیں۔ ملک کے اربوں لوگوں کی بھلائی کے لیے یہ کام کر رہے ہیں۔ اس لیے ہمارے اس کام میں کوئی تکلیف نہیں آئے گی۔'' ڈاکٹر منوہر نے کہا،''تم اپنا کام شروع کرو۔سب ٹھیک ہو جائے گا۔''

انزل نے بسم اللہ کہہ کر سٹیلائٹ ورشا۔ ۲ پر سسٹم انسٹال کرنا شروع کر دیا۔

تین گھنٹے کے قریب اس سسٹم کو ورشا۔ ۲ پر انسٹال کرنے میں لگے مگر وہ پوری طور انسٹال ہو گیا تھا، پھر وہی ہوا جو اکثر ہوتا ہے۔

ایرر کا میسیج آ گیا اور انزل نے اپنا سر پکڑ لیا۔

اس نے دوبارہ سسٹم انسٹال کرنا شرع کر دیا۔ اصل میں اس کے اوپر جو خطرہ منڈلا رہا تھا وہ اس خطرے سے ڈر رہا تھا۔ اگر امریکیوں کو پتہ چل گیا کہ اس نے ان کا سٹیلائٹ ہیک کر رکھا ہے تو وہ سارے رابطے توڑ دیں گے اور وہ پھر کچھ بھی نہیں کر پائے گا۔بس یہ ڈر اسے بار بار تنگ کر رہا تھا۔

اگر اسے اس بات کا ڈر نہیں ہوتا تو وہ بے خوف ہو کر اپنا کام کرتا۔اگر سسٹم انسٹال

کرنے میں دو دن بھی لگ گئے تو اس کے لیے کوئی مشکل کام نہیں تھا۔

دوسری مشکل یہ تھی کہ اسے خود اندازہ نہیں تھا یہ سسٹم کتنے وقت میں انسٹال ہوتا ہے۔

اس نے اس سلسلے ڈاکٹر منوہر سے پوچھا بھی۔

''آپ کو کچھ اندازہ ہے اس سسٹم کے انسٹال ہونے میں کتنا وقت لگتا ہے؟''

''مجھے خود اس بات کا اندازہ نہیں ہے یہ کام تین چار سال قبل کیا گیا تھا۔'' ڈاکٹر منوہر نے بھی اس بات سے لاعلمی ظاہر کی۔

جتنی دیر میں ۶۰ رفیصدی سسٹم انسٹال ہوا تھا اس لحاظ سے انزل نے اندازہ لگایا کہ ورشا۔۲ پر بنا کسی رکاوٹ یہ آپریٹنگ سسٹم انسٹال ہونے میں چار سے پانچ گھنٹے لے گا۔

اس وقت رات کے بارہ بج رہے تھے۔

اس نے اور ڈاکٹر منوہر نے کھانا بھی نہیں کھایا تھا۔ایک دو بار چائے بسکٹ آئے تھے اس سے کام چل رہا تھا۔اس دوران ڈاکٹر منوہر نے انزل سے کھانے کے لیے کہا بھی لیکن اس نے صاف کہہ دیا۔

''میں سسٹم کے سامنے سے ایک منٹ کے لیے بھی نہیں ہٹ سکتا ہوں چاہے مجھے دو دنوں تک بھوکا رہنا پڑے۔آج آپ بھی بھوکے ہیں۔آپ کچھ کھالیں۔'' اس پر ڈاکٹر منوہر نے اس وقت جو مل سکتا تھا اسے ہی کمرے میں منگوالیا اور انزل اپنے کام میں مشغول رہا۔

سویرے سات بجے کے قریب انزل کے منہ سے وہی خوشی بھری چیخ نکلی جو اس کے منہ سے اس وقت نکلتی تھی جب وہ کسی کام کو مکمل کر لیتا تھا 'یس' کہتے ہوئے اس نے جب جوش سے ہوا میں ہاتھ لہرائے تو ڈاکٹر منوہر کو اندازہ ہو گیا کہ ورشا۔۲ سٹیلائٹ پر آپریٹنگ سسٹم انسٹال ہو گیا ہے۔

’’ڈاکٹر صاحب مبارک ہو۔‘‘خوشی سے انزل ڈاکٹر منوہر کی طرف مڑا۔’’نئے سٹیلائٹ پر سسٹم پوری اور کامیاب طریقے سے انسٹال ہو گیا ہے۔ ہے اب وہ بڑی آسانی سے وہ سارے کام کرے گا جو ورشا۔1 کرتا تھا۔لیکن اس کے لیے ہم کو پھر سے اسے ایک ایک کام کا ڈیٹا اس میں انٹر کرنا پڑے گا۔‘‘

’’ارے اس طرح تو کئی مہینے لگ جائیں گے۔‘‘ڈاکٹر منوہر نے تشویش سے کہا۔

’’آپ فکر نہ کریں میں بیک اپ سے ایک ایک فنکشن کو چالو کرنے کی کوشش کرتا ہوں۔ سب سے پہلے مواصلات کا فنکشن بیک اپ سے بحال کرنے کی کوشش کرتا ہوں۔ اگر یہ بحال ہو گیا تو ہمارے سر پر جو خوف کی تلوار لٹک رہی ہے ہمیں اس خوف سے نجات مل جائے گی یعنی امریکیوں کے ذریعے مواصلات منقطع کرنے کا خوف۔ ہمارا یہ سٹیلائٹ ورشا۔ ۲ خود یہ کام کرنے لگے گا اور پورے ملک میں مواصلات کا سلسلہ بحال ہو جائے گا۔ پورے ملک کے ٹیلی فون، موبائیل فون، انٹرنیٹ جو اس وقت بند ہیں کام کرنے لگ جائیں گے۔‘‘

’’ارے واہ! اگر اتنا کام بھی ہو گیا تو ہمیں بہت بڑی کامیابی مل جائے گی۔ پورے ملک کی عوام جو ورشا۔1 کے تباہ ہو جانے سے مایوسی کا شکار ہو گئی ہے۔ان میں ایک نیا جوش بھر جائے گا۔‘‘ڈاکٹر منوہر بولے۔

’’میں اس کو بحال کرنے کی کوشش کرتا ہوں۔‘‘ کہتے ہوئے انزل نے بیک اپ سے مواصلات کا ڈیٹا سرور پر بحال کرنے کا کام شروع کر دیا۔ ورشا۔ ۲ کے سرور نے بیک اپ فائل سے سرور پر ڈیٹا کاپی کرنا شروع کر دیا۔

دوسرے دن ٹھیک بارہ بجے مواصلات کی فائل کا پورا ڈیٹا سرور میں منتقل ہو گیا اور ایک گھنٹہ کے اندر سارے مواصلات کا فنکشن بحال بھی ہو گیا۔

’’یس!‘‘ عادت کے مطابق کام کامیابی سے مکمل ہوتے ہی انزل نے ایک بار پھر خوشی کا نعرہ لگایا۔

انزل کے اس نعرے کے ساتھ ساتھ پورے ملک کے عوام کے منہ سے خوشی کے نعرے نکل پڑے۔

ان کے موبائیل فون جو چار دنوں سے بند پڑے تھے۔ اچانک چالو ہو گئے تھے انٹرنیٹ چالو ہو گیا تھا۔

کہاں تو وہ مایوسی میں ڈوبے تھے کہ دہشت گردوں نے جو نقصانات کئے ہیں اس کی وجہ سے مہینوں تک ان کے موبائیل فون اور انٹرنیٹ شاید شروع نہیں ہو پائیں گے۔

لیکن اس طرح اچانک غیر متوقع طور پر موبائیل فون اور انٹرنیٹ شروع ہو جانے سے ان کو جو خوشی مل رہی تھی وہ اس خوشی کا اظہار نہیں کر پا رہے تھے۔

''اب میں امریکن سٹیلائٹ کے سرور سے بھا سا مرکز کا رابطہ ختم کرتا ہوں۔'' انزل نے ڈاکٹر منوہر سے کہا۔ ''کیوں کہ اب اس کا رابطہ ہمارے اپنے سٹیلائٹ ورشا۔ ۲ سے بحال ہو گیا ہے۔ اس لیے اب اس ہیک سرور کے سارا ڈیٹا مٹا دوں گا تا کہ امریکیوں کو پتہ ہی نہ چلے کہ ان کا سٹیلائٹ ہیک کیا گیا تھا اور کس نے ہیک کیا تھا اور اس کا کس طرح استعمال ہوا ہے۔ اس طرح سے کوئی تنازعہ اٹھ کھڑا نہیں ہوگا۔''

''ہاں ہاں یہ کام فوراً کیا جانا چاہیے۔ ہم کسی تنازعہ میں پڑنا نہیں چاہتے ہیں کیوں کہ سٹیلائٹ ہیک کرنے کی سزا جو ایک دہشت گرد ہیکر کو ہے وہ ایک نیک کام کرنے والے کے لیے بھی ہے۔'' ڈاکٹر منوہر نے کہا۔

انزل نے امریکن سٹیلائٹ سے رابطہ منقطع کرنے سے پہلے جو جو موبائیل فون اس سٹیلائٹ کے ذریعے کام کر رہے تھے جن میں اس کا، وزیر اعظم کا اور ڈاکٹر منوہر کا موبائیل فون بھی تھا کا رابطہ منقطع کر دیا اور ان کے استعمال کا سارا ڈیٹا بھی مٹا دیا۔

جب اس نے امریکن سٹیلائٹ سے موبائیل فون اور بھا سا مرکز کا سلسلہ منقطع کیا تو وہاں پر اس بات کا نام ونشان بھی نہیں تھا کہ اس سرور کو ہیک کر کے دو دنوں تک اس کا استعمال کیا جاتا رہا ہے۔

''تو جس طرح تم نے امریکن سٹیلائٹ کو ہیک کر کے اس کے سرور کا استعمال کیا ہے، دہشت گرد ہیکروں نے کیا اسی طرح ہمارے ورشا۔1 کو ہیک کیا ہوگا؟'' ڈاکٹر منوہر نے پوچھا۔

''جی بالکل۔''

''پھر تو یہ کوئی مشکل کام نہیں لگ رہا ہے۔ ہم تو یہ سمجھ رہے تھے کہ سٹیلائٹ کا حفاظتی انتظام اتنا سخت ہوتا ہے کہ کوئی بھی اس حفاظتی دیوار کو توڑ نہیں سکتا''۔ ڈاکٹر منوہر بولے۔

''حفاظتی انتظام اس انداز کا بنایا جاتا ہے اور سچ مچ اس کے ٹوٹنے کا کوئی چانس نہیں ہوتا لیکن دنیا میں ایک آدھ فرد ہوتا ہے جس کے پاس ان ہیکروں سا یا مجھ سا دماغ ہوتا ہے جو اس حفاظتی دیوار کو توڑ ڈالتے ہیں اور پھر جو چاہے اس سے وہ کام لیتے ہیں۔'' انزل نے جواب دیا۔

'ان کمینے ہیکروں نے ہمارے سٹیلائٹ کو ہیک کر کے اسے تباہ کر دیا اور اربوں لوگوں کو مصیبت میں ڈال دیا تھا۔'' ڈاکٹر منوہر بولے، ''یہ کام تو تم نے بھی کیا لیکن اس کام کے ذریعے تم نے اربوں لوگوں کو راحت دلائی ہے۔''

''یہ اپنی اپنی ذہنیت اور تربیت کی بات ہے انکل۔'' انزل بولا۔

''جس کے دماغ میں فتور ہوتا ہے وہ صرف برا ہی سوچتے ہیں اور اپنی صلاحیتوں کا غلط استعمال ہی کرتے ہیں۔ اپنی صلاحیتوں کا غلط استعمال کر کے وہ لوگوں کو صرف نقصان پہنچانے کا کام کرتے ہیں لیکن جن کا دل دماغ صاف ہوتا ہے وہ اپنی صلاحیتوں کا ہمیشہ اچھا استعمال کر کے ان سے لوگوں کو فائدہ پہونچانے کی کوشش کرتے ہیں۔''

''بالکل بالکل۔'' ڈاکٹر منوہر نے کہا۔

''اب میں دوسرے فنکشن بینکنگ کو بحال کرنے کی کوشش کرتا ہوں انکل۔'' انزل بولا۔

''بالکل بالکل۔وہ بہت اہم کام ہے۔سارے ملک کے بینک بند ہیں اور لوگوں کے پاس کروڑوں روپیہ ہوتے ہوئے بھی وہ اتنے بے بس ہیں کہ ایک ایک روپیہ کو محتاج ہیں۔''ڈاکٹر منوہر نے کہا۔

اور انزل اپنے کاموں میں لگ گیا۔

دو گھنٹے تک کام چلتا رہا۔دونوں نے اس دوران کوئی بات نہیں کی۔

اچانک ڈاکٹر منوہر نے پوچھا۔

''انزل تم میں جو صلاحیتیں ہیں۔اس کی بنیاد پر تم اس بات کا بھی پتہ لگا لوگے کہ سٹیلائٹ کن ہیکروں نے ہیک کیا تھا۔وہ کون لوگ ہیں، کہاں کے رہنے والے ہیں اور انہوں نے کس طرح ورشا۔1 کو تباہ کیا۔''

''بالکل لگا لوں گا۔''انزل بولا،''ایک بار یہ سارا نظام درست ہو جائے۔پھر ان کا پتہ لگا کر ان کی خبر لوں گا۔انہوں نے ہمارے ملک کو جو نقصان پہنچایا ہے ان کی انہیں ایسی سزا ملنی چاہیے کہ تا قیامت لوگ اس سے عبرت حاصل کریں۔''

''بالکل بالکل۔ہمارے سامنے تمام خدمات کو بحال کرنا بے حد ضروری ہے۔'' ڈاکٹر منوہر بولے۔

اس کے بعد ہر دو گھنٹے میں ایک ایک خدمت بحال ہوتی گئی۔بینکنگ خدمات بحال ہونے کے بعد انزل نے سرکاری آفسوں کے کام کاج کی خدمات بھی بحال کردی۔

اور جن شہروں کی بجلی کا نظام سٹیلائٹ سے جڑا تھا وہ بھی بحال کر دیا اور وہ سارے شہر جو ابھی تک اندھیرے میں ڈوبے تھے ان میں بجلی آ گئی۔

اس کے بعد انزل نے ٹریفک کا نظام بھی درست کر دیا اور سچ مچ انزل نے جو دعویٰ کیا تھا کہ وہ دو دن کے اندر پورے نظام کو بحال کر دے گا اپنے دعویٰ کے مطابق دو دن میں پورے نظام کو پہلے کی طرح معمول پر لا کر بحال کر دیا۔

اس دوران ایک لمحہ کے لیے بھی نہ وہ سویا اور نہ ٹھیک طرح سے کھانا کھایا۔

پورے ملک میں اس کے نام کی دھوم مچ گئی تھی کہ کس طرح ایک نوجوان نے اپنی صلاحیتوں کو بروئے کار کر کے ایک ایسا مشکل کام جو دو سالوں میں بھی پورا کرنا ممکن نہیں تھا صرف دو دنوں میں پورا کر دیا تھا۔

وزیراعظم انزل کو مبارکباد دینے اور اس کا شکریہ ادا کرنے کے لئے بھا سا مرکز کے لیے نکل پڑے تھے۔

لیکن انزل نے صاف کہہ دیا۔

"اب میں سونا چاہتا ہوں۔ اب ایک لمحہ کے لیے بھی میں جاگ نہیں سکتا جب وزیراعظم یہاں پہنچ جائیں تو مجھے جگایا جائے۔" اور وہاں رکھے ایک صوفے پر لیٹ گیا اور ایک لمحہ میں ہی گہری نیند میں کھو گیا۔

کلون موبائیل

تباہ سٹیلائٹ ورشا کو دو دن کے اندر بحال کر کے پورے نظام کو دو دن کے اندر شروع کرنے پر انزل کی ساری دنیا میں تعریف ہو رہی تھی۔

وزیر اعظم نے اسے بھاسا مرکز میں آ کر مبارکباد دی تھی اور پوری قوم کی طرف سے شکریہ ادا کیا تھا۔ دو دن کے بعد اس کو پارلیمنٹ ہاؤس میں اعزاز یہ دیا گیا تھا اور ملک کے تمام ممبر آف پارلیمنٹ نے اس کا شکریہ ادا کیا تھا۔

اس کے لیے ملک کا سب سے بڑا اعزاز دینا طے ہو گیا تھا اور اس کو یہ آزادی دے دی گئی تھی کہ وہ ملک میں کسی بھی محکمہ میں کسی بھی اونچے سے اونچے عہدے پر اگر کام کرنا چاہے تو اسے اس عہدے پر فائز کر دیا جائے گا۔

پورے ملک میں اس کا استقبال ہو رہا تھا۔

ساری دنیا کے لوگ اس کی تعریف کر رہے تھے۔ پوری دنیا کے ٹی وی چینل کے نمائندے اس سے انٹرویو لے رہے تھے اور اس سے یہ پوچھ رہے تھے آخر برسوں میں نہ ہونے والا کام اس نے دو دنوں میں کس طرح انجام دے دیا؟ وہ ان ساری باتوں کو راز ہی رکھنا چاہتا تھا اس لیے بڑی خوبصورتی سے ان کے اس سوال کے جواب کو ٹال دیتا تھا۔

وزیر اعظم نے جاتے ہوئے اس سے کہا تھا۔ ''تم نے جو کام کیا ہے۔ اس کی وجہ سے میں پورے وثوق سے کہتا ہوں کہ تم ان دہشت گرد ہیکروں کا بھی پتہ لگا لو گے جنہوں نے ہمارے سٹیلائٹ کو ہیک کیا تھا اور مانگیں پوری نہ ہونے پر اسے تباہ کر دیا ان کے

بارے میں پتہ لگا کر ہمیں بتادو۔ وہ دنیا کے کسی بھی کونے میں رہیں ہم ان کو ڈھونڈھ نکالیں گے اوران کوان کے اس کام کی عبرتناک سزادیں گے۔''

اس پر انزل نے انہیں جواب دیا تھا۔''وہ پورے ملک کے دشمن ہیں اور میرے بھی ذاتی دشمن ہیں، ان کا اوران کے ٹھکانوں کا پتہ لگا لینا میرے لیے بائیں ہاتھ کا کھیل ہے۔ میں ان کے بارے میں پتہ لگالوں گا اوران کی پوری معلومات آپ کو بتادوں گا۔ پھرآپ انہیں جوسزادینا چاہیں دیجئے گا۔ ہوسکتا ہے انہیں سزادینے کے عمل میں میں بھی آپ کے ساتھ رہوں۔ ذرامیں ان استقبالی جلسوں اوراعزازوں کے پروگرام سے توفرصت پالوں۔''

'ٹھیک ہے۔ جب بھی تمہیں موقع ملے پہلی فرصت میں تم یہ کام کردو۔'' وزیراعظم نے کہا تھا۔

دوسرے دن انہوں نے قوم سے خطاب کرتے ہوئے دہشت گردوں کو وارننگ دی تھی کہ انہوں نے جوگناہ کیا ہے اس گناہ کی انہیں کم سے کم سزا ملے اس کے لیے ان کے لیے بہتری اسی بات میں ہے کہ وہ خودکو جلد سے جلد قانون کے حوالے کردیں۔ اگر انہوں نے خودکو آٹھ دن کے اندر قانون کے حوالے نہیں کیا تو پھر وہ رحم کے قابل نہ رہ کر عبرتناک سزا کے حق دار ہوجائیں گے اوراس سزا کے لیے ہم ذمہ دار نہیں رہیں گے۔

آٹھ دنوں کے بعد جب انزل کو تھوڑی فرصت ملی تو وہ سیدھا بھا سامرکز گیا۔

''ارے انزل آؤ آؤ۔'' ڈاکٹر منوہر نے اس کا استقبال کیا، کس طرح آنا ہوا؟''

''انکل دراصل سٹیلائٹ سے جن دہشت گرد ھیکروں نے ورشا کو ہیک کر کے تباہ کیا تھا ان کا ڈیٹا لینا ہے۔ تاکہ ان کو سزادی جاسکے۔ وزیراعظم نے بھی مجھ سے ان کے لیے درخواست کی ہے۔'' انزل نے جواب دیا۔

''ضرور ضرور۔ ان لوگوں کو تو اس کام کے لیے عبرتناک سزاملنی ہی چاہیے۔'' ڈاکٹر بولے،''پورے سٹیلائٹ کا ایکسس تم کو دے دیتا ہوں تم جو چاہے وہ ڈیٹا اس سے حاصل کرسکتے ہو۔''

''نہیں مجھے صرف ان ہیکروں کے بارے میں معلومات لینی ہے۔'' انزل کہتے ہوئے کمپیوٹر پر بیٹھ گیا۔

آدھ گھنٹے میں اس نے ان ہیکروں کی پوری معلومات حاصل کر لی تھی۔

''ٹھیک ہے انکل، شکریہ۔ مجھے جو معلومات چاہیے تھی وہ میں نے حاصل کر لی ہے۔ اب میں ان کی تلاش کے کام میں لگ جاؤں گا۔'' انزل نے کہا۔

اور بھابھا مرکز سے چلا آیا۔ اس نے اپنے کمپیوٹر سٹیلائٹ سے حاصل کیا ہوا ڈیٹا ڈال کر جب اس کا تجزیہ کیا تو اس کے سامنے ان ہیکروں کی ساری معلومات سامنے آ گئی۔ کسی طرح انہوں نے ورشا۔1 کو ہیک کیا اور کسی طرح انہوں نے اس کو تباہ کیا۔

وہ پانچ انتہائی جدید قسم کے سٹیلائٹ موبائیل فون تھے۔ جن کے ذریعے ورشا۔1 سے رابطہ قائم کیا گیا تھا اور اس کو ہیک کیا گیا تھا۔ ساتھ ہی ساتھ ایک انٹرنیٹ کنکشن بھی تھا۔

اس کے سامنے جو ڈیٹا آیا اس سے پتہ چلتا تھا کہ انہوں نے اتنی آسانی سے ورشا۔1 کو ہیک نہیں کیا تھا۔ بلکہ مسلسل ایک ماہ سے وہ ورشا کو ہیک کرنے کی کوشش کر رہے تھے جس جس نے جب جب ورشا کے سرور میں گھسنے کی کوشش کی تھی ساری تفصیلات ورشا کے سرور نے ریکارڈ کر لی تھی۔ وہ چھ لوگ روزانہ کئی کئی بار مسلسل کوشش کرتے رہتے تھے لیکن ان کو ورشا کو ہیک کرنے میں کامیابی نہیں ملتی تھی۔

لیکن آخر کسی طرح انہوں نے اسے ہیک کر دیا۔ دھمکی دے کر اپنے ساتھیوں کو چھوڑنے اور اپنے ایک سوئز بینک اکاؤنٹ میں اربوں روپیہ جمع کرنے کی مانگ کی۔

لیکن جب ان کی مانگ پوری نہیں کی گئی تو اپنی طاقت بتانے کے لیے انہوں نے ورشا کو تباہ کر دیا۔ انہوں نے ورشا کو بڑی آسانی سے تباہ کیا تھا۔ اس کے لیے انہوں نے کسی ہتھیار کا استعمال نہیں کیا تھا۔

خلا میں ایک بیکار سیارچہ تھا جس نے کام کرنا بند کر دیا تھا۔ وہ اپنی جگہ معلق تھا۔ ہیکروں نے ورشا جو مکمل طور پر ان کے کنٹرول میں تھا ان کو اس بیکار سیارچہ سے

لے جا کر ٹکرا کر تباہ کر دیا تھا۔

اس طرح اس نے پتہ لگایا کہ ورشا کو کس طرح تباہ کیا گیا ہے۔ یہ ساری معلومات اسے وزیر اعظم کے حکم کے مطابق حفاظتی ایجنسیوں کو دینی تھی۔

تا کہ وہ ان ہیکروں کا پتہ لگا کر ان کو سزا دے سکے۔

لیکن اس سے پہلے وہ خود ان ہیکروں کو ایسی سزا دینا چاہتا تھا کہ وہ تلملا اُٹھیں۔

اور اس کا سب سے آسان طریقہ اس نے سوچا تھا۔

ہیکروں نے جس سوئز بینک اکاؤنٹ میں پیسہ جمع کرنے کے لیے کہا تھا وہ اس سوئز بینک اکاؤنٹ کا سارا پیسہ نکال کر انہیں کنگال کر دینا چاہتا تھا۔

اسے اندازہ تھا کہ اس اکاؤنٹ میں اربوں روپیہ ہوگا جو انہوں نے اسی طرح کی دہشت گردی کے ذریعہ جمع کیا ہوگا۔

جب وہ سارے پیسے ان کے ہاتھ سے نکل جائیں گے تو ان کی حالت پاگلوں کی سی ہو جائے گی، وہ تلملا کر رہ جائیں گے۔ لیکن اسے پتہ تھا۔ ان کے سوئز بینک اکاؤنٹ کا پتہ لگانا پھر اس میں سے پیسہ نکالنا اتنا آسان کام نہیں ہے۔

سوئز بینک اکاؤنٹ میں اتنی سیکوریٹی ہوتی ہے کہ اس سیکوریٹی کو توڑنا ناممکن ہوتا ہے۔

لیکن جس آدمی نے امریکن سٹیلائٹ کے سسٹم کو ہیک کر دیا تھا اور پورا تباہ سٹیلائٹ سسٹم دو دن میں بحال کر دیا اس کے لیے یہ کوئی بھی مشکل کام نہیں تھا۔

اسے پتہ تھا سوئیز بینک اسی موبائیل فون سے آپریٹ ہوتا ہے جو اکاؤنٹ کھولتے وقت سوئز بینک کے ریکارڈ میں ہوتا ہے۔ اس کا آئی ایم ای نمبر، موبائیل نمبر، اوٹی پی جیسی سیکوریٹی کے ساتھ ساتھ کبھی کبھی نگاہوں اور آنکھوں کی پتلیوں کی سیکوریٹی بھی اکاؤنٹ کو آپریٹ کرنے کے لیے استعمال ہوتی ہے اور پاس ورڈ تو ضروری ہے۔

یعنی اگر کسی اکاؤنٹ ہولڈر کا موبائیل ہاتھ لگ جائے، اس کا اکاؤنٹ نمبر اور پاس

ورڈ معلوم ہو تو بھی اس اکاؤنٹ میں پیسہ جمع کیا جا سکتا ہے یا اکاؤنٹ سے پیسہ نکالا جا سکتا ہے، دوسرے اکاؤنٹ میں ٹرانسفر کیا جا سکتا ہے۔

یعنی اسے اس اکاؤنٹ سے پیسہ نکالنے کے لیے سب سے پہلے اسی موبائیل کو حاصل کرنا پڑے گا۔

جو ناممکن سی بات ہے۔

پھر سب سے بڑی مشکل تھی کہ پانچ موبائیل کے ذریعے ورشا کو چیک کیا گیا تھا ان پانچوں میں سے وہ سوئز بینک اکاؤنٹ جس میں پیسہ جمع کرنے کے لیے کہا گیا تھا کس موبائیل کے ذریعے آپریٹ کیا جاتا ہے یہ بھی پتہ نہیں تھا۔ یعنی اب پانچوں موبائیل کا پاس ہونا ضروری ہے۔

اس میں بھی ایک مشکل تھی۔

اگر وہ اکاؤنٹ کسی ایسے موبائل کے ذریعے آپریٹ کیا جاتا ہو جس کا استعمال ورشا کو ہیک کرنے میں ہوا ہی نہیں تو پھر یہ کام تقریباً ناممکن ہو جاتا ہے۔

اس کے پاس ان پانچوں موبائیل میں استعمال کیے گئے سم نمبر تھے اور ان موبائیل کا آئی ایم ای نمبر بھی تھا۔ اس کے ذریعہ بڑی آسانی سے ان موبائیل کو ہیک کر کے ان کا سارا ڈیٹا حاصل کیا جا سکتا تھا۔

لیکن صرف ڈیٹا حاصل کرنے سے کچھ حاصل نہیں تھا۔

وہ ہر حال میں ان ہیکروں کے اس سوئز بینک سے ساری رقم نکال کر ان کو سبق سکھانا چاہتا تھا۔

چلیں پہلے ان پانچوں موبائل کا ڈیٹا تو حاصل کرتے ہیں۔ اس نے سوچا اور کام میں لگ گیا۔

دو دن کی سخت محنت کے بعد اس نے ان پانچوں موبائل کا سارا ڈیٹا حاصل کر لیا اور وہ موبائیل کس کس کمپنی کے تھے یہ معلومات بھی حاصل کر لی۔

وہ پانچوں کروڑوں روپیہ لاگت کے انتہائی جدید ترین موبائیل تھے جو براہ راست سٹیلائٹ سے چلتے تھے۔ دنیا کے کسی بھی کونے میں سے وہ سٹیلائٹ سے رابطہ قائم کر کے کال کر سکتے تھے یا کال بھیج سکتے تھے۔

بلکہ اگر وہ چاہیں تو خلاء میں کسی بھی سٹیلائٹ سے رابطہ قائم کر سکتے تھے۔ اسی لیے تو انہوں نے ورشا سے رابطہ قائم کر لیا تھا اور اس کو کوشش کر کے ہیک بھی کر لیا تھا۔

انزل کے پاس بھی اسی قسم کا موبائل تھا مگر اتنا قیمتی نہیں تھا۔ اس نے سوچا کہ ان پانچوں موبائیل کے کلون موبائل بنا لیے جائیں۔ ان تمام پانچوں موبائل کا سارا ڈیٹا تو اس کے پاس ہے ہی اگر کمپنی کے پانچ موبائل اسے مل جاتے تو وہ آسانی سے ان کا کلون بنا سکتا تھا۔

یعنی اس موبائل میں کیا کیا ہو رہا ہے کسی کو کال کیا جا رہا ہے کہاں سے کال آ رہا ہے۔ کس کو پیغام روانہ کیا جا رہا ہے۔ ان موبائل میں کیا کیا ایپ انسٹال ہیں وہ سب دیکھ سکتا تھا صرف کال نہیں کر سکتا تھا۔ ہاں آنے والی ہر کال سن ضرور سکتا تھا۔ اس نے وزیراعظم سے فون کی بات کہی۔

”سر میں ان ہیکروں کا پتہ لگانے میں لگا ہوں جنہوں نے ورشا کو ہیک کر کے تباہ کیا تھا مجھے اس کے لیے ان پانچ ماڈل اور کمپنیوں کے موبائل فون کی سخت ضرورت ہے۔ کیوں کہ یہ بہت قیمتی ہیں میں انہیں خرید نہیں سکتا ہوں۔“

”تم فکر نہ کرو۔ تم موبائل اور ماڈل نمبر مجھے روانہ کر دو۔ شام تک تمہارے پاس وہ پانچوں موبائل پہنچ جائیں گے۔“ وزیراعظم نے جواب دیا۔

اس نے پانچوں موبائل کے کمپنیوں کے نام اور ماڈل وزیراعظم کو روانہ کر دیئے۔

وعدے کے مطابق سچ مچ شام تک اس کے پاس وہ پانچوں موبائل پہنچ گئے۔

ان پانچوں موبائل کو دیکھ کر اس کے ہونٹوں پر مسکراہٹ رینگ گئی۔ اب اس کے لیے کام آسان ہو گیا تھا۔

سب سے پہلے باس نے ان پانچوں موبائل کے ای ایم آئی نمبر بدل ڈالے یہ وہی نمبر تھے جو ان ہیکروں کے موبائل نمبر تھے۔

اب وہ بڑی آسانی سے ان ہیکروں کے موبائل کو کلون کر سکتا تھا یعنی ان کی نقل تیار کر سکتا تھا۔

شام تک اس نے پانچوں موبائل کی نقل بھی تیار کر لی۔ اب ان پانچوں ہیکروں کا پورا کچا چٹھا اس کے پاس تھا اور اتنی صفائی سے کہ ان ماہر ہیکروں کو بھی پتہ نہیں چلے گا کہ ان کے موبائل کی نقل تیار ہو گئی ہے اور ان کا موبائل ان کے ساتھ ساتھ کہیں اور بھی کام کر رہا ہے۔

اس نے ان موبائل میں سوئز بینک کا ایپ تلاش کیا تو اس نے اپنا سر پکڑ لیا۔

ہر موبائل میں سوئز بینک کا ایپ تھا یعنی ان پانچوں ہیکروں کے اکاؤنٹ سوئز بینک میں تھے۔

اب اسے اس بات کا علم نہیں تھا کہ انہوں نے کس اکاؤنٹ میں پیسہ جمع کرنے کے لیے کہا تھا۔ کیوں کہ اس کی نظر میں وہی سب سے زیادہ اہم اکاؤنٹ تھا۔ اس میں ہیکروں کی سب سے زیادہ رقم جمع ہوگی۔ وہ اسے بھی خالی کر کے ہیکروں کو ذہنی اذیت پہنچانا چاہتا تھا۔

لیکن یہ اس کے لیے کوئی مشکل بھی نہیں تھا۔

اس کے بعد وزیراعظم کو فون کیا۔

’’سر مجھے وہ سوئز بینک اکاؤنٹ چاہیے جس میں ہیکروں نے رقم جمع کرنے کے لیے کہا تھا۔‘‘

’’ٹھیک ہے میں ابھی روانہ کرتا ہوں۔‘‘ وزیراعظم نے جواب دیا۔

تھوڑی دیر بعد وزیراعظم نے اسے وہ اکاؤنٹ نمبر روانہ کر دیا جس میں ہیکروں نے رقم جمع کرنے کے لیے کہا تھا۔ اس نے چیک کیا تو وہ نمبر ایک موبائیل میں موجود تھا۔

اس کے دل میں جو خدشہ تھا اگر وہ اکاؤنٹ نمبر کسی اور موبائیل کا ہوا تو اس کا پتہ لگانا اس کے لیے تقریباً ناممکن ہو جائے گا وہ خدشہ دور ہو گیا تھا۔

اس کے ہونٹوں پہ ایک مسکراہٹ رینگ گئی۔

''ہیکرو! اب دیکھو میرا کمال۔ تمہیں پاگلوں کی طرح اپنے بال نوچنے اور دیواروں سے سر ٹکرانے کے لیے مجبور نہیں کیا تو میرا نام بھی انزل نہیں ہے۔''

اس کے بعد وہ ایک کوڈ بنانے میں لگ گیا۔

دو گھنٹے کی محنت کے بعد اس نے ایک چھوٹا سا کوڈ بنا کر اس موبائیل کو روانہ کر دیا جس سے وہ سوئز بینک آپریٹ ہوتا تھا۔

بظاہر یہ ایک چھوٹی سی تصویر تھی۔ سوشل میڈیا پر روزانہ ہزاروں اس طرح کی تصویریں آتی ہیں اور لوگ ان پر توجہ نہیں دیتے ہیں۔ ہیکر نے بھی اس پر توجہ نہیں دی۔

لیکن یہ تو انزل ہی جانتا تھا، یہ دراصل ایک خطرناک ایپ ہے جس کو جب چاہے انزل کھول اور آپریٹ کر سکتا ہے۔ انزل ہیکر کے سونے کا انتظار کرنے لگا۔

اسے اس کے اکاؤنٹ سے پیسہ نکالنے کے لیے ایک گھنٹہ تک اس کا موبائیل بند کرنا تھا۔ یہ دن میں ممکن نہیں تھا، رات میں ہی ممکن تھا۔ دن میں اگر اس کا موبائیل بند کرتا تو اسے پتہ چل جاتا۔ جب وہ سو رہا ہوگا، موبائیل بند بھی ہوا تو اسے پتہ نہیں چلے گا۔

اس کے موبائیل کا کلون موبائیل انزل کے پاس ہونے کی وجہ سے اس کی ساری حرکات وسکنات کا انزل کو پتہ چل ہی رہا تھا۔ رات بارہ بجے ایسا محسوس ہوا کہ ہیکر سو گیا ہے۔

اب وہ دو تین گھنٹہ آسانی سے سوئے گا۔ انزل کو اس بات کا اندازہ تھا۔

اس نے اس کے موبائیل میں موجود اپنا ایپ چالو کر دیا۔ بس ایپ کا کام یہ تھا کہ اس کے شروع ہوتے ہی وہ موبائل ایک طرح سے بند ہو جائے گا اور اس کا کلون

موبائیل چالو ہو جائے گا یعنی اس موبائیل کو آنے والے کال میسیج اس کلون موبائیل پر آئیں گے۔ کوئی اس موبائیل کو آپریٹ نہیں کر سکے گا۔ صرف کلون موبائیل سے ہی موبائیل آپریٹ کیا جا سکے گا۔

اس کے بعد بڑی آسانی سے اس نے اس موبائیل میں موجود سوئز بینک کے ایپ میں لاگ ان کیا۔ اس کے پاس، پاس ورڈ نمبر تھا۔ او ٹی پی آیا تو وہ بھی ڈال دیا۔ اس کے سامنے سوئز بینک کا ایک اکاؤنٹ کھل گیا۔

اس نے اس اکاؤنٹ کا جو بیلنس دیکھا تو اس کے منہ سے بے ساختہ نکل گیا۔

باپ رے۔ ۶۸ /ارب روپیہ اس اکاؤنٹ میں ہے۔ اس نے فوراً وہ سارا روپیہ پرائم منسٹر ریلیف فنڈ میں ٹرانسفر کر دیا۔

رقم ٹرانسفر کرنے کے لیے جو جو کاروائی کرنی تھی وہ اس نے بڑی آسانی سے انجام دے دی کیوں کہ ہیکر کا کلون موبائل اس کے پاس تھا۔

تھوڑی دیر میں اس اکاؤنٹ کی ساری رقم پرائم منسٹر ریلیف فنڈ میں جمع ہو گئی۔

انزل نے کلون موبائیل بند کر دیا۔ ہیکر کے موبائیل سے اپنا وہ ایپ ڈیلیٹ کر دیا جس نے اس کے موبائیل کو بند کر دیا تھا اور پرائم منسٹر کو فون لگایا۔

''سر کیا آپ کے اکاؤنٹ میں ۶۰ /ارب روپیہ جمع ہوا ہے؟''

''ہاں ہاں۔'' وزیر اعظم جوش میں بولے'' میں حیران ہوں اتنی بڑی رقم اچانک کہاں سے میرے اکاؤنٹ میں آ گئی!''

''یہ میں نے ہیکر سے وصول کیے ہیں۔ اس نے ہمارے ورشا کو تباہ کر کے جو تکلیف دی اس کا معاوضہ ہے۔ اس رقم میں ہم اور پانچ ورشا جیسے سٹیلائٹ بنا سکتے ہیں۔'' انزل بولا۔

''انزل یو آر گریٹ!'' وزیر اعظم نے خوشی سے کہا تو انزل مسکرا کر رہ گیا۔

مِشن جولان

آٹھ دن سے زائد کا وقفہ گزر چکا تھا۔

وزیر اعظم نے ورشا سٹیلائٹ کو تباہ کرنے والے ہیکروں کو جو آٹھ دن کا وقت دیا تھا کہ وہ اپنے آپ کو حکومت کے حوالے کر دیں تو ان کے ساتھ نرمی کا برتاؤ کیا جائے گا۔ آٹھ دن کے اندر اگر انہوں نے خود کو حکومت کے حوالے نہیں کیا تو انہیں سخت عبرتناک سزا دی جائے گی۔

اب ان کو سزا دینے کا وقت آ گیا تھا۔

اس سلسلے میں انزل کو وزیر اعظم کا فون آیا تھا۔

''انزل اب ان ہیکروں کو سزا دینے کا وقت آ گیا ہے۔ اس سلسلے میں تم کیا مدد کر سکتے ہو؟''

''ہر طرح کی مدد۔ میری ان ہیکروں کی ایک ایک حرکت پر نظر ہے۔ اس وقت وہ کہاں ہیں کیا کر رہے ہیں؟ اب آپ یہ طے کریں ان کو زندہ گرفتار کر کے ہمارے سامنے لانا ہے یا وہاں پر ہی ان کے ملک میں موت کے گھاٹ اتار دینا ہے۔''

''اگر ہم کسی طرح انہیں زندہ گرفتار کر کے اپنے ملک لاتے بھی ہیں تو ہم ان کو انٹرنیشنل دباؤ کی وجہ سے شاید موت کی سزا نہ دے پائیں۔ اس لیے میرا خیال ہے ایک آدھ کو گرفتار کر کے ہمارے ملک لایا جائے تاکہ دنیا والے اور ملک کی عوام کو معلوم ہو جائے کہ ہم نے کیا کیا ہے۔ باقی کو ان کے ملک میں ہی ختم کر دیا جائے۔ میں نے یہ آرڈر حفاظتی ایجنسیوں اور خاص طور پر 'را' کو بھی دے دیئے ہیں۔ 'را' تم سے اس سلسلے میں مدد

طلب کرے گا اور وہی اس آپریشن کو انجام دے گا۔'' وزیر اعظم نے کہا۔

''ٹھیک ہے۔ آپ جیسا مناسب سمجھیں میں 'را' کی ہر طرح سے مدد کرنے کے لیے تیار ہوں۔'' انزل نے جواب دیا۔

دوسرے دن انزل کو 'را' کے دفتر میں طلب کیا گیا اور اس کی 'را' کے سربراہ مسٹر رانا کے ساتھ ایک میٹنگ رکھی گئی۔

''وزیر اعظم نے ہمیں ورشا سٹیلائٹ کو ہیک کرنے والے پانچوں دہشت گرد ہیکروں کے خلاف کارروائی کرنے کا حکم دیا ہے۔ ان میں سے چار کو، ہم کو ان کے ملک میں جا کر ختم کرنا ہے اور ایک ہی کو ہمارے ملک لانا ہے۔ وزیر اعظم نے کہا ہے کہ تم اس سلسلے میں ہماری پوری مدد کرو گے کیوں کہ تم کو ان پانچوں ہیکروں کے بارے میں اچھی طرح پتہ ہے اور تم ان کی ایک ایک حرکت پر نظر رکھے ہوئے ہو۔''

''بالکل۔ میں ہر طرح سے آپ کی مدد کرنے کو تیار ہوں۔'' انزل نے جواب دیا۔

''ہم کو آج جولان جانا ہے۔ جس ملک کے وہ باشندے ہیں۔ ہمارے پاسپورٹ وغیرہ تیار ہیں اور ایک اسپیشل طیارہ ہم کو لے کر جولان جائے گا۔ میرے ساتھ میرے دس آدمی ہوں گے۔ ہم کو جولان میں تمام کارروائی انجام دینی ہے اور ایک ہیکر کو پکڑ کر لانا ہے۔'' رانا صاحب بولے۔

''میں بھی تیار ہوں۔'' انزل نے کہا۔

اور وہ اسی شام ایک خصوصی طیارے سے جولان کے لیے روانہ ہو گئے۔ جولان ایک بڑا ہی بدنام ملک تھا۔ وہاں پر لاقانونیت اور رشوت خوری کا راج تھا۔ حکومت، سیاست داں، ہر کوئی، پولس وہاں پر سب سے زیادہ رشوت خور تھی اس لیے وہ دنیا کے مفرور جرائم پیشہ لوگوں کا اڈا بنا ہوا تھا۔

جرائم پیشہ افراد پولس سے بچنے کے لیے فرار ہو کر جولان پہنچ جاتے تھے اور وہاں وہ آرام سے زندگی بسر کرتے تھے یا پھر وہاں سے ہی اپنے جرائم کی حکومت چلاتے تھے۔

جولان ہیکروں اور سائبر کرائم کرنے والوں کا ایک اڈا تھا۔

ساری دنیا کے مجرمانہ ذہنیت رکھنے والے ہیکر جولان سے ساری دنیا میں جرائم کرتے رہتے تھے کیوں کہ ان کی جولان پولیس سے ملی بھگت ہوتی تھی اس لیے ان کا کوئی کچھ نہیں بگاڑ پاتا تھا۔ جن پانچ ہیکروں نے ورشا کو ہیک کر کے تباہ کیا تھا بھلے ہی ان کا تعلق دنیا کے دوسرے ممالک سے ہوگا لیکن انہوں نے جولان کی سرزمین سے یہ گناہ کیا تھا صرف یہ سوچ کر کہ ان پر کوئی ہاتھ نہیں ڈال پائے گا۔ دنیا کی کوئی بھی پولیس ان کو گرفتار نہیں کر سکتی۔

اور ہندوستانی پولیس کے لیے بھی ان کو جولان پولیس کی مدد سے گرفتار کرنا تقریباً ناممکن سا تھا۔

اس لیے ان کو گرفتار کرنے یا سزا دینے کے لیے 'را' کو میدان میں اترنا پڑا تھا۔

جولان پہنچ کر انہوں نے ایک ہوٹل میں قیام کیا اور ہیکروں کو کیفر کردار تک پہنچانے سلسلے میں ایک میٹنگ کی۔

سب کا یہی کہنا تھا کیوں کہ انزل کے پاس ان سبھی ہیکروں کی تفصیل ہے، ان کے کلون موبائل بھی اسی کے پاس ہیں اس لیے وہ صرف انہیں یہ بتا دے کہ وہ لوگ کہاں کہاں ہیں تو وہ اپنا کام کر دیں گے یعنی ان کو ختم کر دیں گے اور ایک کو گرفتار کر کے ہندوستان لے کر چلے جائیں گے۔

لیکن انزل کو ان کے اس منصوبہ سے اختلاف تھا۔

''مانا جولان میں ان ہیکروں کو سزا دینے کے لیے اس سے بہتر کوئی راستہ نہیں ہے۔ لیکن ہم قانون ہاتھ میں لینے کے بجائے قانون کے سہارے یہ کام کریں۔'' انزل نے رانا صاحب کو سمجھایا، ''ہم جولان پولیس کو بتا دیں کہ ہمارے سٹیلائٹ کو تباہ کرنے والے یہ پانچ گناہگار جولان میں موجود ہیں۔ پولیس انہیں گرفتار کر کے ہمارے حوالے کر دے یا پھر ہم کو انہیں گرفتار کرنے میں مدد کرے یا پھر ہمیں ان کو گرفتار کرنے دے۔ ظاہر سی بات ہے جولان پولیس نہ خود ان ہیکروں کو گرفتار کرنے کی کوشش کرے گی اور نہ ان کی گرفتاری

کے لیے ہماری مدد کرے گی۔ وہ یہی کہے گی کہ آپ خود انہیں گرفتار کرلیں۔ اس طرح ہم پوری طرح سے اپنی مرضی سے کام کرنے کے لیے آزاد ہوں گے۔ ہم ان ہیکروں کو مزاحمت کے نام پر ختم کر دیں گے۔ ایک کو گرفتار کرکے جولان پولیس کے سامنے پیش کر دیں گے۔ جولان پولیس خوشی خوشی ہمیں اس کو ہندوستان لے جانے کی اجازت دے دی گی۔''

ابھی آپریشن شروع بھی نہیں ہوا تھا، وزیراعظم نے اعلان کر دیا تھا۔

''جن ہیکروں نے ہمارے سٹیلائٹ ورشا کو تباہ کیا ہے وہ جولان میں چھپے ہوئے ہیں۔ ہماری ٹیم ان کو گرفتار کرنے کے لیے جولان گئی ہے۔ بہت جلد وہ انہیں گرفتار کرکے ہندوستان لے آئے گی۔''

یہ ایسی بات تھی جس کو جان کر ہیکر چوکنا ہوکر روپوش ہو سکتے تھے اور ان کے روپوش ہونے کے بعد ان کو تلاش کرنا تقریباً ناممکن ہوجاتا تھا لیکن ان کے لیے سب سے بڑی مدد کی بات ان ہیکرون کے وہ کلون موبائیل تھے جو انزل کے پاس تھے۔

اس کے ذریعہ انہیں ان ہیکروں کی پل پل کی خبر مل رہی تھی اور ان موبائیل کی وجہ سے بڑی آسانی سے وہ ان کے ٹھکانوں کا پتہ لگا سکتے تھے۔

اس لیے وزیراعظم کا یہ اعلان بھی ان کے لیے کوئی مشکل پیدا نہیں کرسکا بلکہ وزیراعظم کے اس اعلان سے پورے ملک میں خوشی کی لہر دوڑ گئی کہ بہت جلد ان کے مجرموں کو ان کے گناہوں کی سخت سزا دی جائے گی۔ کافی بحث کے بعد رانا صاحب اس بات پر راضی ہوگئے کہ جولان پولیس کو اپنی آمد کی اطلاع دے دی جائے۔

دوسرے دن انہوں نے سرکاری طور پر جولان پولیس کو ان کی جولان میں موجودگی اور مقصد سے مطلع کرتے ان سے مدد طلب کی تھی۔

جواب میں جولان پولیس کا وہی رویہ ان کے سامنے آیا تھا جس کا انہیں پورا اندازہ تھا۔

جولان پولیس کے چیف نے صاف کہہ دیا تھا۔

''ہم اور ہماری ساری فورس کئی معاملوں میں الجھی ہوئی ہے۔ ہم آپ لوگوں کی مدد

ضرور کرنا چاہتے ہیں لیکن آپ لوگوں کو مددگار فراہم کرنے میں ہفتوں مہینوں تک لگ جائیں گے۔ تب تک آپ لوگوں کو ہاتھ پہ ہاتھ دھرے بیٹھے رہنا پڑے گا۔ اس دوران آپ اپنے طور پر اپنے مجرموں کو تلاش کرتے رہیں اگر وہ مل گئے تو لا کر ہمارے حوالے کر دیں۔ ہم قانونی کارروائی کے بعد آپ کے مجرموں کو آپ کے حوالے کر دیں گے اور پھر آپ آسانی سے ان کو اپنے ساتھ اپنے ملک لے جا سکیں گے۔''

اس کے جواب سے انہیں کوئی مایوسی نہیں ہوئی۔ خوشی اس بات کی تھی اب وہ پوری آزادی کے ساتھ کام کر سکتے تھے۔ انہیں چوری چھپے کام کرنے کی اب کوئی ضرورت نہیں تھی۔

اس رات ہوٹل میں رانا صاحب اور ان کے ساتھی تو گھوڑے بیچ کر سوتے رہے لیکن انزل رات بھر جاگتا رہا۔

وہ ہیکروں کے موبائیل پر نظر رکھے ہوئے تھا اور ان کے سونے کا انتظار کر رہا تھا۔

جس طرح اس نے ان ہیکروں کے اہم سوئز بینک اکاؤنٹ سے سارا پیسہ وزیر اعظم ریلیف فنڈ کے اکاؤنٹ میں ٹرانسفر کر دیا تھا۔ ان پانچوں کے پرسنل اکاؤنٹ کے پیسے بھی وہ پرائم منسٹر ریلیف فنڈ کے اکاؤنٹ میں ٹرانسفر کرنا چاہتا تھا۔

کیوں کہ اگر وہ اس آپریشن کے دوران مارے گئے تو ان کا پیسہ سوئز بینک کے اکاؤنٹ میں پڑا رہ جائے گا۔

ان کے مرنے سے پہلے ان کا پیسہ کسی اکاؤنٹ میں ٹرانسفر کر دیا جائے تو وہ کسی کے کام آئے گا۔

کیوں کہ کسی بھی ذریعہ سے سوئز بینک کو اپنے کسی گاہک کی موت کی اطلاع ملتی ہے تو وہ فوراً اس اکاؤنٹ کو بلاک کر دیتی ہے۔

پھر اگر اس اکاؤنٹ ہولڈر کے وارث کو اس بینک اکاؤنٹ کا پتہ ہوتا ہے تو کافی پیچیدہ قانونی کارروائی کے بعد ہی وہ پیسہ اسے مل پاتا ہے ورنہ وہ سوئز بینک کے نفع کے

اکاؤنٹ میں جمع ہو جاتا ہے۔

اس رات انزل نے پانچوں ہیکروں کے اکاؤنٹ سے پیسے پرائم منسٹر ریلیف فنڈ میں ٹرانسفر کر دیئے۔

جیسے ہی کوئی ہیکر سوتا، انزل اپنے بنائے کوڈ سافٹ ویئر کے ذریعے اس کا موبائیل بند کر دیتا اور اپنا کلون موبائیل چالو کر کے اپنے کام پر لگ جاتا تھا اور سوئز بینک سے سارا پیسہ نکال لیتا۔

پیسہ پرائم منسٹر ریلیف فنڈ میں ٹرانسفر کرنے کے بعد وہ ہیکر کا موبائل دوبارہ چالو کر دیتا اور اس سے اپنے کیے کاموں کا سارا ڈیٹا ڈیلیٹ کر دیتا۔

دوسرے دن جب انزل دیر تک گھوڑے بیچ کر سو رہا تھا، پانچوں ہیکروں کے لیے قیامت کا دن تھا۔ انہوں نے جیسے ہی اپنے اپنے اکاؤنٹ چیک کیے اپنے اکاؤنٹ میں زیرو بیلنس پایا اور یہ بھی دیکھا کہ رات میں جب وہ سو رہے تھے ان کا سارا پیسہ کہیں ٹرانسفر ہو گیا ہے۔

سوئز بینک میں یہ بھی ایک سیکوریٹی ہے کہ اگر کسی اکاؤنٹ سے دوسرے اکاؤنٹ میں پیسہ ٹرانسفر کیا گیا تو اس اکاؤنٹ جس اکاؤنٹ میں پیسہ ٹرانسفر کیا گیا ہے اس کی تفصیلات بھی اکاؤنٹ ہولڈر کے اکاؤنٹ میں نظر نہیں آتی ہے۔ کیوں کہ اس قسم کا ٹرانسفر صرف اکاؤنٹ ہولڈر ہی کر سکتا ہے اس لیے بینک کو اسے کسی بھی طرح کی تفصیلات بتانے کی ضرورت نہیں ہوتی ہے۔

بہت احتجاج کرنے پر سوئز بینک بڑی مشکل سے اسے بتاتی ہے کہ وہ پیسہ جو اس نے خود ٹرانسفر کیا تھا کس بینک اکاؤنٹ سے ٹرانسفر ہوا ہے۔

انزل کو نیند سے رانا صاحب نے جگایا۔

وہ کسی ایک ہیکر کا موجودہ پتہ چاہتے تھے۔ آج سے کام شروع کرنا تھا اور پہلے ہیکر کو ٹھکانے لگانا تھا۔

انزل نے ایک موبائل فون اٹھایا، یہ جیک کا تھا۔ اس نے اس موبائل فون کے ذریعے آسانی سے اس کا پتہ معلوم کرلیا اس وقت وہ کہاں ہے۔

اس وقت وہ ایک ہوٹل میں بیٹھا ناشتہ کرر ہا تھا۔ انزل نے اس ہوٹل کا نام پتہ اور ٹیبل نمبر بھی بتادیا۔ ساتھ اسی کے موبائل میں سے اس کی ایک تصویر بھی 'را' کی ٹیم کو دے دی۔

'را' کی ٹیم فوراً اپنے مشن پر نکل پڑی۔ انزل اور رانا صاحب ہوٹل کے کمرے میں ہی بیٹھے تھے۔ انزل نے ہوٹل کے بڑے سے ٹی وی کو پارٹی کے ایک ممبر کے موبائل فون کے کیمرے سے جوڑ دیا تھا۔ اس لیے وہ جہاں جا رہے تھے اس کیمرے میں جو کچھ دکھائی دے رہا تھا اس ٹی وی کے بڑے سے اسکرین پر سب دکھائی دے رہا تھا۔ ان لوگوں کی آپس میں باتیں کرنے کی آوازیں بھی اسکرین پر ابھر رہی تھی۔

ہوٹل سے رانا صاحب ان کو جو ہدایتیں دے رہے تھے ان کو بھی صاف سنائی دے رہا تھا اور اسکرین پر بھی وہ باتیں سنائی دے رہی تھیں۔

جیک کو انھوں نے بڑی آسانی سے ختم کر دیا۔

جیک ایک ٹیبل پر بیٹھا ناشتہ کرر ہا تھا۔ پانچوں ممبر ایک دوسرے ٹیبل پر جا کر بیٹھے۔ وہ ناشتہ کرنے کے ساتھ ساتھ ٹیبل پر رکھا شراب کا جام بھی پیتا جا رہا تھا۔

'را' کا ایک ممبر اٹھ کر اس کے پاس گیا۔ اس نے اس نے کچھ بات کی اور بڑی صفائی سے اس نے ایک زہر اس کی شراب میں ملا دیا اور واپس اپنے ٹیبل پر آیا۔

تھوڑی دیر بعد جیسے ہی جیک نے شراب پی، اس کے چہرے کے تاثرات بدلنے لگے اچانک وہ تڑپنے لگا۔ تڑپتا ہوا کرسی سے گرا اور وہیں ٹھنڈا ہو گیا۔

اس پورے واقعہ کو وہ اپنی ٹی وی کی اسکرین پر دیکھ رہے تھے۔ اس کے مرتے ہی اس کی موت کی ویڈیو وزیر اعظم کو روانہ کر دی گئی۔

''ایک ہیکر اپنے انجام کو پہنچ گیا۔''

دوسرے دن جیک کے مرنے کی خبر نہ تو کسی اخبار میں تھی او نہ ہی کسی ٹی وی پر۔

روزانہ جولان میں اتنے لوگ مارے جاتے ہیں کہ ایک آدمی کی موت، اس کا قتل کبھی خبر بن ہی نہیں پاتا ہے۔ اگر کسی مقام پر ایک ساتھ آٹھ دس لوگ مارے گئے تو وہ خبروں میں آتی ہے۔

'را' کی ٹیم نے انزل سے دوسرے ہیکر کا پتہ پوچھا۔

انزل نے موبائل کے ذریعے رابرٹ کا پتہ بتادیا۔

وہ اس وقت ایک پارک میں تھا۔

ان کی ٹیم اس پارک میں پہنچ گئی۔ اس وقت وہ اکیلا ایک بینچ پہ بیٹھا تھا پتہ نہیں اسے اپنے دوست کی موت کا غم تھا یا پھر اپنا سوئز بینک اکاؤنٹ خالی ہونے کا غم تھا جس میں اس نے لوگوں کے اکاؤنٹ ہیک کر کر کے اتنی دولت جمع کی تھی۔

وہ ایک دبلا پتلا آدمی تھا اس لیے 'را' کی ٹیم نے اس پر گولی ضائع کرنا مناسب نہیں سمجھا۔ 'را' کا ایک نوجوان دھیرے سے اس کے پیچھے گیا، اس نے اس کی گردن پیچھے سے پکڑی اور ایک جھٹکے سے مروڑ دی اس کے منہ سے آواز بھی نہیں نکل سکی اور وہ بینچ پر ہی ڈھیر ہو گیا۔

ویڈیو پر 'را' کے اس ممبر نے اس کی ویڈیو رانا صاحب کو روانہ کر دی۔

ویسے وہ اور انزل ٹی وی کے اسکرین پر وہ سارے مناظر دیکھ ہی رہے تھے۔

رانا صاحب نے اسی وقت وزیر اعظم کو میسیج کر دیا۔

''ایک اور ہیکر کی زندگی کا خاتمہ ہو گیا۔''

اس رات وہ سکون سے سوئے۔ تیسرے دن انہوں نے تیسرے ہیکر کا پتہ پوچھا۔

انزل نے اس کے موبائیل کی لوکیشن کے ذریعہ پتہ بتا دیا۔

اس کو بھی بڑی آسانی سے ختم کر دیا گیا۔

آخر سبھی ہیکر اپنے انجام کو پہنچے۔

آخری ہیکر گلبرٹ رہ گیا تھا۔

اس کو زندہ گرفتار کرنا تھا۔

وہ کوئی مشکل کام نہیں تھا۔

اسے اس کے ٹھکانے سے زندہ گرفتار کرلیا گیا اور اسے لے کر سب ہوائی اڈے پہنچ گئے۔

ہوائی اڈے پر ان کا خصوصی طیارہ تیار ان ہی کا منتظر تھا۔ رانا صاحب نے جولان پولیس چیف کو فون لگا کر کہا۔

''ہم نے ہمارے مطلوبہ ہیکرس میں سے ایک ہیکر گلبرٹ کو پکڑ لیا ہے اور اس کو ہم ہندوستان لے جارہے ہیں آپ ایئر پورٹ والوں سے کہہ دیں۔ پوچھ تاچھ کر کے اس سے باقی ہیکروں کا پتہ معلوم کریں گے۔''

'ٹھیک ہے۔'' جولان پولیس چیف نے کہا اور اس نے ہوائی اڈے کی سیکوریٹی والوں سے کہہ دیا انہیں نہ روکا جائے۔

تھوڑی دیر کے بعد وہ مشن جولان ختم کر کے ایک ملزم ہیکر کو لے کر ہندوستان کی طرف پرواز کر رہے تھے۔

سسٹم کا کرشمہ

اس دن انزل نے نیشنل بینک کے اپنے اکاؤنٹ میں پچاس ہزار روپیہ جمع کیے تھے۔اسے ایک کمپنی کو چیک دینا تھا۔

پیسے اکاؤنٹ میں آگئے تھے۔اس کا اسے میسیج بھی آ گیا تھا۔لیکن ایک گھنٹہ بعد اسے ایک ایسا میسیج آیا جس کو دیکھ کر وہ سناٹے میں آگیا۔اس پیغام میں لکھا تھا آپ کے پچاس ہزار روپیہ بینک کے کورا اکاؤنٹ میں ٹرانسفر کردیئے گئے اور بیلنس پچاس ہزار سے کم ہوگیا تھا۔گھبرا کر اس نے بینک میں فون کرنے کی کوشش کی۔لیکن فون مسلسل بیزی آ رہا تھا۔کسٹمر کیئر سے بھی رابطہ قائم نہیں ہو رہا تھا۔مجبوراً اس نے بینک جا کر معاملہ کا پتہ لگانے کی کوشش کی۔وہ سیدھا بینک گیا۔

بینک میں اس نے جو منظر دیکھا اس کو دیکھ کر وہ چکرا گیا۔اس کی طرح بینک میں سینکڑوں لوگ جمع تھے جنہوں نے اس دن بینک میں نقد پیسہ جمع کرایا تھا اور ایک گھنٹہ کے بعد وہ بینک کے کسی کورا اکاؤنٹ میں ٹرانسفر ہوگیا تھا۔ان کے اکاؤنٹ کا بیلنس کم ہوگیا تھا۔منیجر ان کو سمجھانے کی کوشش کر رہا تھا۔یہ سسٹم کی کسی غلطی کی وجہ سے ہو رہا ہوگا۔آپ کا پیسہ بالکل محفوظ ہے۔غلطی درست ہوتے ہی آپ کے اکاؤنٹ میں جمع ہوجائے گا۔

اس نے بھی منیجر سے بات کی تو منیجر نے اسے بھی یہی جواب دیا۔وہ مطمئن ہو کر گھر واپس آ گیا۔

دو گھنٹہ کے بعد اس نے ٹی وی پر جو نیوز دیکھی اسے دیکھ کر اس کے ہوش اڑ گئے۔

نیشنل بینک میں، پورے ملک میں ایک کہرام مچا تھا۔ پورے ملک میں اس دن جن جن کسٹمر نے بینک میں پیسہ جمع کیے تھے ایک گھنٹہ بعد وہ کٹ کر بینک کے کسی کور اکاؤنٹ میں جمع ہو گیا تھا۔

نیشنل بینک کے منیجر اور اعلیٰ آفیسران عوام کو مطمئن کرنے کی کوشش کر رہے تھے کہ یہ سسٹم کی کسی غلطی کی وجہ سے ہو رہا ہے۔ ہم غلطی ڈھونڈھنے کی کوشش کر رہے ہیں غلطی درست کر لی جائے گی اور آپ کا پیسہ بھی آپ کے اکاؤنٹ میں واپس جمع کر دیا جائے گا۔

شام تک اسی طرح کی خبریں آتی رہیں۔

رات آٹھ بجے ایک ایسی دھماکہ خیز خبر آئی جس کو سن کر ہر کوئی دہل گیا۔ کھاتے داروں کے اکاؤنٹ سے کٹ کر پیسہ بینک میں ہی جس کور اکاؤنٹ میں جمع ہو رہا ہے اچانک وہ سارا روپیہ سوئز بینک کے کسی اکاؤنٹ میں ٹرانسفر ہو گیا ہے۔

وہ روپیہ تقریباً ایک ارب روپیہ کے برابر تھا۔

چاروں طرف سے شور اٹھ رہا تھا۔ اچانک بینک کے اکاؤنٹ سے کھاتے داروں کا ایک ایک روپیہ کسی سوئز بینک میں جمع کیسے ہو گیا۔

اس کا جواب بینک والے یہی دے رہے تھے۔

ہم سسٹم کی غلطی دیکھ رہے تھے۔ ہم مطمئن تھے کہ اگر پیسہ اکاؤنٹ ہولڈر کے اکاؤنٹ سے کٹا ہے تو ہماری بینک میں جمع ہوا ہے۔ دوبارہ اس اکاؤنٹ سے نکال کر اکاؤنٹ ہولڈر کو واپس کر دیا جائے گا۔ لیکن پتہ نہیں کیسے وہ سارا پیسہ سوئز بینک میں ٹرانسفر ہو گیا۔

اس خبر نے تو حکومت کے بھی کان کھڑے کر دیئے اور چاروں طرف ایک شور مچ گیا۔ بینک والے جن لوگوں کے اکاؤنٹ سے پیسہ کٹا ہے اس کے متعلق انہیں یقین

دلا رہے تھے کہ ان کا پیسہ محفوظ ہے ان کو واپس کر دیا جائے گا۔ اس یقین دہانی کے بعد لوگ مطمئن ہو گئے۔

دوسرے دن بینک شروع ہوئے تو پھر وہی معاملہ ہوا۔

جو لوگ بینک میں پیسہ جمع کر رہے تھے ایک گھنٹہ کے بعد وہ کٹ کر بینک کے کور اکاؤنٹ میں جمع ہو رہا تھا۔

بینک والے سسٹم کے اس رویے پر حیران تھے اور اس کی غلطی کا پتہ لگانے کی کوشش کر رہے تھے لیکن ان کے ہاتھ کچھ بھی نہیں آ رہا تھا۔

شام پھر کورا اکاؤنٹ میں جمع سارا پیسہ سوئز بینک کے کسی اکاؤنٹ میں جمع ہو گیا۔

اس پر ایک ہنگامہ مچ گیا۔ چاروں طرف سے بینک پر تنقید کی جانے لگی کہ جب پتہ تھا کل اچانک یہ پیسہ خود بخود سوئز بینک میں منتقل ہو گیا تھا تو آج انہوں نے اس بات کی احتیاط کیوں نہیں برتی کہ آج پیسہ ٹرانسفر نہ ہو۔

بینک والوں کا جواب تھا۔ ہم نے ہر طرح کی احتیاط برتی تھی لیکن اس کے باوجود ایک ارب کے قریب اس دن بینک میں جمع روپیہ سوئز بینک میں منتقل ہو گیا۔

تیسرے دن بھی جب یہی معاملہ ہوا اور ۸۰ کروڑ کے قریب روپیہ سوئز بینک میں منتقل ہو گیا تو بینک نے اعلان کر دیا جب تک یہ معاملہ حل نہیں ہو جاتا بینک بند رہے گی۔

اس کے بعد کو اور زیادہ ہنگامہ مچ گیا۔ لوگوں کے پیسے بینک میں تھے اور ان کو پیسوں کی کبھی بھی ضرورت پڑ سکتی تھی اور وقت پر پیسہ نہ ملنے کی وجہ سے وہ مسائل کا شکار ہو سکتے تھے۔ اس لیے وہ احتجاج کرنے کے لیے سڑکوں پر اتر آئے اور بینک کے سامنے لوگوں کی بھیڑ لگ گئی۔ مار پیٹ اور پتھراؤ کے واقعات بھی کئی جگہ ہوئے۔

لوگوں کو قابو میں رکھنے کے لیے وزیر اعظم کو بیان دینا پڑا۔

''جو کچھ ہو رہا ہے وہ سسٹم کی غلطی کی وجہ سے ہو رہا ہے۔ آپ مطمئن رہیے آپ کا پیسہ بالکل محفوظ ہے۔ اگر بینک آپ کا پیسہ نہیں دے پائی تو حکومت آپ کا پیسہ دے گی

آپ کچھ دن تعاون کریں۔ غلطی کا پتہ لگا کر جب تک معاملہ صحیح نہیں ہو جاتا آپ احتجاج نہ کریں۔ ملک کے ماہرین کی ٹیم اس معاملہ کو سمجھنے اور سلجھانے میں لگی ہے۔ تین دن تک ملک کے بڑے بڑے ماہرین اس بات کا پتہ لگانے کی کوشش کرتے رہے کہ ایسا کیوں ہو رہا ہے؟''

نقد روپیہ اکاؤنٹ میں جمع ہونے کے ایک گھنٹہ بعد اچانک خود بخود کیوں بینک کے کسی کورا اکاؤنٹ میں جمع ہو جا رہا ہے اور پھر اچانک شام کو سوئز بینک میں کیوں منتقل ہو جا رہا ہے؟

لیکن تین چار دنوں تک وہ کچھ پتہ نہیں لگا سکے۔

تین چار دنوں میں لوگوں کے صبر کا پیمانہ لبریز ہو گیا۔ وہ پھر اپنے پیسوں کے لیے احتجاج کرنے لگے۔

تو وزیر اعظم نے حکم دے دیا کہ نیشنل بینک کو دوبارہ کھول دیا جائے اور ضرورت مند لوگوں کو پیسے دیئے جائیں۔

بینک شروع ہوئی۔ سارا کاروبار اطمینان سے چل رہا تھا۔ لیکن جیسے ہی کوئی بینک کے اپنے اکاؤنٹ میں پیسہ بھرتا ایک گھنٹے کے بعد اس کے اکاؤنٹ سے کٹ کر کور اکاؤنٹ میں جمع ہو جاتا تھا۔

اس لیے فوراً فیصلہ لے لیا گیا کہ پورے ملک میں کسی بھی اکاؤنٹ میں نقد پیسہ نہ لیا جائے۔

اور بینک نے نقد پیسہ جمع کرنا بند کر دیا۔

لیکن لوگوں کے لیے یہ مسئلہ تھا۔ انہوں نے جو چیک دیئے تھے وقت پر ان کا پیسہ جمع کرنا ضروری تھا اور جن لوگوں کے قرض کے ہفتہ کریڈٹ کارڈ بل بینک سے جاتا ہے ان کے لیے بھی مسئلہ کھڑا ہو گیا۔

ان کے لیے یہ راستہ نکالا گیا کہ وہ کسی اور بینک میں نقدی جمع کر کے وہاں سے

اپنے اکاؤنٹ میں پیسہ منتقل کردیں۔

ایک دو بینکوں نے لوگوں کی سہولت کے لیے نیشنل بینک کے کھاتوں میں اپنی بینک میں پیسہ لینا شروع کر دیا اور وہ وہاں سے پیسہ گاہکوں کے نیشنل بینک کے اکاؤنٹ میں منتقل کر دیتے تھے۔

یہ طریقہ کامیاب رہا۔

منتقل ہونے والا پیسہ اکاؤنٹ میں ہی رہتا تھا۔ وہ کہیں اور ٹرانسفر نہیں ہوتا تھا۔ اس سے اندازہ لگا کہ یہ صرف نقد جمع ہونے والے پیسوں کے ساتھ ہی ہو رہا ہے۔

اس لیے بینک کا دوسرا کاروبار جاری رکھا گیا۔ پیسہ نقد لینا بند کر دیا گیا لیکن اس کا دوسرا برا نتیجہ سامنے آیا۔ لوگوں کے دماغ میں بات بیٹھ گئی نیشنل بینک میں کچھ گڑبڑ ہے۔ وہاں ان کا پیسہ محفوظ نہیں ہے۔ اس لیے وہ دھڑا دھڑ ا بینک سے پیسہ نکالنے لگے اور بینک کے لیے نقد روپیہ یا منتقل ہونے والی رقم کو ادا کرنا مشکل ہو گیا۔

انزل سب سمجھ رہا تھا۔ یہ سسٹم میں گڑبڑی کا نتیجہ ہے۔ سسٹم میں کوئی وائرس ڈال کر یہ گڑبڑ کی گئی ہے یا پھر سسٹم میں تبدیلی کر کے اتنا بڑا افراڈ کیا گیا ہے، لیکن اسے حیرت ہو رہی تھی۔ کئی دن ہو گئے ہیں۔ اتنے ماہرین اس بات کا پتہ لگانے کی کوشش کر رہے ہیں مگر وہ اس بات کا پتہ کیوں نہیں لگا پائے ہیں؟

اگر اسے موقع ملے تو وہ اس معاملے کی وجہ کا پتہ لگانے کی کوشش کر سکتا ہے۔ اور اس کے دل کی مراد بر آئی۔

وزیر اعظم کے دفتر سے فون آ گیا۔

”وزیر اعظم نے آپ سے درخواست کی ہے کہ آپ نیشنل بینک کے معاملہ کو دیکھیں۔ وزیر اعظم کو آپ پر پورا اعتماد ہے۔ آپ آسانی سے اس معاملہ کو حل کر سکتے ہیں اس لیے آپ فوراً کام پر لگ جائیں۔ آپ کو ہر طرح کی مدد اور کام کرنے کے پورے اختیارات دیئے جائیں گے۔ آپ فوراً اس معاملہ کی تحقیقات کرنے والی ٹیم سے

جڑ جائیں۔ آپ کو اس سلسلے میں جو مدد چاہیے مل جائے گی۔''

نیشنل بینک کا صدر دفتر ممبئی میں ہی تھا اس لیے انزل کے لیے آسانی تھی۔ وہ فوراً بینک کے صدر دفتر پہنچ گیا اور جا کر تحقیقات کرنے والی آئی ٹی کی ٹیم میں شامل ہو گیا۔

''آپ مجھ کو یہ بتائیں۔ آپ اتنے دنوں سے کام کر رہے ہیں؟ کیا آپ کے ہاتھ کوئی سراغ لگا کہ یہ سب کیوں ہو رہا ہے؟''

''ہمیں اس بات کا اعتراف کرنے میں کوئی جھجھک محسوس نہیں ہو رہی ہے کہ اتنے دنوں کی تحقیق کے بعد بھی ہمارے ہاتھ کچھ بھی نہیں لگ سکا ہے۔''

تحقیقاتی آئی ٹی ٹیم کا انچارج دلیپ مایوسی سے بولا۔

''آئی ٹی کا کوئی اور انچارج ہے؟'' انزل نے پوچھا۔

'میں ہوں۔'' ایک نوجوان سامنے آیا۔ میرا نام تلسی پاٹل ہے۔''

''کیا آپ نے چیک کیا۔ کہیں سسٹم میں کوئی تبدیلی تو نہیں کی گئی ہے؟'' انزل نے پوچھا۔

''نہیں مجھے تو ایسا کچھ بھی محسوس نہیں ہوا اور پھر ماہرین کی ٹیم بھی دیکھ رہی ہے۔'' تلسی پاٹل نے کہا۔

''دیکھئے یہ جو کچھ ہو رہا ہے اس کی ایک ہی وجہ ہے۔ سسٹم میں کوئی تبدیلی کی گئی ہے۔ پورے ملک میں بینکوں کے لیے ایک ہی کمپنی کا سافٹ ویئر چلتا ہے۔ اس لیے سافٹ ویئر میں کوئی تبدیلی وہی کمپنی کر سکتی ہے۔ اس لیے یہ تبدیلی کمپنی نے نہیں کی ہے۔ اگر یہ کوئی بگ ہوتا تو صرف نیشنل بینک نہیں ساری بینک کے سامنے یہ مسئلہ آتا۔'' انزل بولا

'جی ہاں۔ بالکل۔'' دلیپ نے اس کی بات کی تائید کی۔

''مجھے لگتا ہے کسی بہت زیادہ ماہر انجینئر نے کمپنی کے اس سافٹ ویئر میں تبدیلی کی اور اسے آپ کے بینک کے سرور میں انسٹال کر دیا جس کی وجہ سے یہ سب ہو رہا ہے۔

اب یہ کام دو ہی لوگ کر سکتے ہیں۔ ایک تو آپ، آپ کی آئی ٹی کی ٹیم یا پھر کوئی ہیکر۔'' انزل نے کہا۔

''نہیں ہماری ٹیم یہ کام نہیں کر سکتی۔''، تلسی پاٹل بولا، ''اصل میں کوئی سافٹ ویئر میں تبدیلی کرنے کی اہلیت نہیں رکھتا ہے۔ مجھے اپنی ٹیم کے تمام ممبران کی ذہنی اور آئی ٹی کی صلاحیتوں کا علم ہے''۔

''تلسی صاحب۔ آئی ٹی کے میدان میں ہر آدمی شہسوار ہوتا ہے لیکن کام کے بوجھ سے بچنے کے لیے وہ اپنے آپ کو چھپاتا ہے۔'' انزل نے کہا''۔ خیر! یا پھر ایسا ہو سکتا ہے کسی ہیکر نے آپ کے سرور میں گھس کر وہ خطرناک پروگرام انسٹال کر دیا جس کی وجہ سے آپ کی بینک کا سارا روپیہ سوئز بینک میں جمع ہوتا جاتا ہے۔ کیا آپ نے اس بات کی تفتیش کی۔''

''نہیں۔ ہمیں اس بارے میں کچھ پتہ نہیں ہے۔''، تلسی پاٹل بولا۔

''آپ اپنے کوڈ سے آپ کا سرور شروع کرتے رہے ہیں۔ میں دیکھتا ہوں کیا کسی ہیکر نے آپ کے بینک کے سرور سے چھیڑ خانی کرنے کی کوشش کی ہے؟''

تلسی نے سرور شروع کر کے انزل کو دے دیا۔

انزل کچھ دیر تک سرور پر مختلف فائلیں دیکھتا رہا پھر اس نے اعلان کر دیا۔

''یہ کسی ہیکر کا کام نہیں ہے۔ آپ کے بینک سرور کی سیکوریٹی بہت عمدہ ہے۔ آج تک کسی ہیکر نے اس میں گھسنے کی کوشش نہیں کی ہے۔ اس لیے ابھی تک آپ محفوظ رہے اس کا مطلب ہے یہ آپ کے اسٹاف میں سے کسی کا کام ہے۔ خیر وہ تو پتہ چل ہی جائے گا۔ سب سے پہلے یہ پتہ لگانا ہے کہ سسٹم کو بتدیل کس طرح کیا گیا ہے؟ اس کے دو ہی طریقے ہو سکتے ہیں۔ پورے سسٹم کو تبدیل کر کے سرور پر پھر سے انسٹال کیا جائے یا پھر جن فنکشن کو تبدیل کرنا ہے اس کو تبدیل کر کے سسٹم کو اپ ڈیٹ کیا جائے تو یہ بتایئے سسٹم اپ ڈیٹ کس طرح ہوتا ہے؟'' انزل نے پوچھا۔

''جب بھی کمپنی سسٹم اپڈیٹ کرتی ہے۔ وہ اپ ڈیٹ فائل ہمیں بھیج دیتی ہے اور ہم اس اپ ڈیٹ فائل کو انسٹال کر کے اپ ڈیٹ کر دیتے ہیں۔'' تلسی پاٹل نے بتایا۔

''ٹھیک ہے۔ یہ اپ ڈیٹ فائل کس کے پاس آتی ہے؟'' انزل نے پوچھا۔

''کیوں کہ میں آئی ٹی کا انچارج ہوں۔ اس لیے اپ ڈیٹ فائل عام طور پر میرے پاس ہی آتی ہے۔'' تلسی نے بتایا۔

''اس کے بعد آپ کیا کرتے ہیں؟'' انزل نے پوچھا۔

''وہ اپ ڈیٹ فائل میں اپنے کسی معاون کو دے دیتا ہوں۔ وہ اپ ڈیٹ انسٹال کر دیتا ہے یا کبھی کبھی میں بھی انسٹال کر دیتا ہوں۔'' تلسی نے بتایا۔

''آپ بتا سکتے ہیں آخری اپ ڈیٹ کمپنی کی طرف سے کب آئی تھی؟'' انزل نے پوچھا۔

'دو ماہ قبل۔'' تلسی نے جواب دیا۔

'آپ پورے یقین سے کہہ سکتے ہیں سسٹم آپ نے دو ماہ قبل اپ ڈیٹ کیا تھا؟'' انزل نے پوچھا۔

'ہاں ہاں میرے پاس ریکارڈ ہے۔'' تلسی نے کہا۔

انزل نے کچھ کمانڈ دیئے۔ کچھ فائلوں کو دیکھا اور بولا۔

'آپ کہہ رہے ہیں سسٹم دو ماہ قبل اپ ڈیٹ ہوا ہے۔ میں دیکھ رہا ہوں پورا سسٹم آج سے سات دن قبل اپ ڈیٹ ہوا ہے۔ جب یہ گڑبڑ شروع ہوئی ہے اس سے ایک دن پہلے رات میں۔'' انزل نے تلسی کی آنکھوں میں آنکھیں ڈال کر کہا۔

یہ سن کر تلسی کے چہرے پر ہوائیاں اڑنے لگیں۔

''اس سسٹم اپ ڈیٹ کے بارے میں مجھے کچھ بھی علم نہیں ہے۔ میں پورے وثوق کہہ سکتا ہوں یہ سسٹم اپ ڈیٹ مجھے بتائے بنا کیا گیا ہے۔''

''ممکن ہے اور تب سے یہ گڑبڑ شروع ہوئی ہے۔ چھوٹا سا اپ ڈیٹ تھا ایک

پروگرام بنایا گیا کہ بینک میں کسی بھی شاخ میں روزانہ گاہک جتنا بھی کیش جمع کرے اس نقد رقم کو ایک بینک کے کورا کاؤنٹ میں ایک گھنٹہ میں منتقل کر دیا جائے اور پھر اس کور اکاؤنٹ کی جمع پوری رقم شام کو سوئز بینک کے ایک اکاؤنٹ میں منتقل کر دی جائے۔ کتنی آسانی سے کتنا بڑا اربوں روپیوں کا فراڈ کیا گیا۔ یہ آئی ٹی کا کمال ہے''۔ انزل بولا۔

'لیکن اس کا حل کیا ہے؟' تلسی نے تھوک نگل کر پوچھا۔

''بڑا آسان سا۔ آج رات پرانا سسٹم جو سرور پر انسٹال ہے اسے ڈیلیٹ کر دیا جائے اور پھر سے پورا سسٹم اور اپ ڈیٹ سرور پر انسٹال کر دیا جائے۔ یہ خطرناک فراڈ جس سسٹم کی مدد سے کیا جا رہا ہے وہ ختم ہو جائے گا اور بینک پھر سے معمول کے مطابق کام کرنے لگے گا۔'' انزل نے کہا۔

'اتنی آسان سی بات تھی اور ہم آٹھ دن سے اس بات کا پتہ چلانے میں رات دن لگے تھے۔'' دلیپ نے کہا۔ ''انزل سر، آپ گریٹ ہیں میں آپ کو سلام کرتا ہوں۔''

'سلام ابھی نہیں۔ سسٹم ڈیلیٹ کر کے نیا سسٹم انسٹال کرنے کے بعد اگر سسٹم صحیح طور پر کام کرنے لگے تو پھر سلام کرنا۔'' انزل نے مسکرا کر کہا۔

اسی رات، رات بھر انزل، بینک کی آئی ٹی ٹیم اور ماہرین کی ٹیم نے بینک کے سرور پر انسٹال پرانا سرور ڈیلیٹ کیا۔ اس پر نیا سسٹم اور اپ ڈیٹ انسٹال کیا۔

''اب آپ معمول کے مطابق کاروبار شروع کر دیں۔ کوئی پریشانی نہیں ہوگی۔''

دوسرے دن بینک کھلے اور تمام کاروبار معمول کے مطابق شروع ہو گیا۔

کوئی پریشانی پیش نہیں آئی۔ سسٹم معمول کے مطابق کام کر رہا تھا۔

یہ سب انزل کے دماغ کا کرشمہ تھا۔ سسٹم کا کرشمہ نہیں تھا۔ اس سے پہلے جو کچھ ہو رہا تھا وہ سسٹم کا کرشمہ تھا۔

تعارف

قلمی نام : ایم مبین

نام : محمد مبین

والد کا نام : محمد عمر محمد یوسف

تاریخ پیدائش : ۲ جون ۱۹۵۸ء

وطن : ایولہ ضلع ناسک مہاراشٹر

وطن ثانی : بھیونڈی ضلع تھانہ

تعلیم : ایم کام، جی ڈی سی اینڈ اے

ملازمت : ناگرگ سہکاری بینک بھیونڈی میں
سی ای او کے عہدے سے ریٹائرڈ

اردو اور ہندی زبانوں میں تخلیقات

پہلی تحریر : ماہنامہ کھلونا جنوری ۱۹۷۵ء
بچوں کے لیے کہانی 'موتی کے پودے'

پہلی کتاب : مال مفت
بچوں کے لیے یک بابی ڈرامے ۱۹۸۸ء

اب تک شائع شدہ کتابیں

اُردو

(۱)	ٹوٹی چھت کا مکان	افسانوی مجموعہ
(۲)	نئی صدی کا عذاب	افسانوی مجموعہ
		(مہاراشٹر اردو اکادمی کا ایوارڈ)
(۳)	مال مفت	بچوں کے لیے یک بابی ڈرامے
		(مہاراشٹر اردو اکادمی کا ادب اطفال ایوارڈ)
(۴)	گدھے کی چوری	(مہاراشٹر اردو اکادمی کا ادب اطفال ایوارڈ)
(۵)	ہزار روپیہ کا نوٹ	(مہاراشٹر اردو اکادمی کا ادب اطفال ایوارڈ)
(۶)	پپو پاس ہوگیا۔	(مہاراشٹر اردو اکادمی کا ادب اطفال ایوارڈ)
(۷)	جھنگا پہلوان نے کرکٹ کھیلا	بچوں کے لیے مزاحیہ کہانیاں
		(مہاراشٹر اردو اکادمی کا ادب اطفال ایوارڈ)
(۸)	سرکٹی لاشیں	بچوں کے لیے ناول
(۹)	سونے کی مورتی	بچوں کے لیے ناول
(۱۰)	زحل کے قیدی	سائنس فکشن ناول
۱۱)	انمول ہیرا	بچوں کے لیے کہانیاں
۱۲)	جادوئی چراغ	بچوں کے لیے کہانیاں
۱۳)	رانگ نمبر	بچوں کے لیے یک بابی ڈرامے
		(مہاراشٹر اردو اکادمی کا ادب اطفال ایوارڈ)

۱۴) میرانام کرے گا روشن بچوں کے لیے یک بابی ڈرامے

۱۶) سیارہ زہران کی سات شہزادیاں سائنس فکشن

۱۷) انگوٹھا ناول (یوپی اردو اکادمی ایوارڈ)

۱۸) گبر سنگھ نے ای میل کیا بچوں کے لیے ڈرامے

۱۹) زندگی الرٹ افسانوی مجموعہ

۲۰) اے وطن تیرے لیے شہید عبدالحمید کی زندگی پر ناول (2

۲۱) شہید وطن شہید اشفاق اللہ کی زندگی پر ناول

(یوپی اردو اکادمی ایوارڈ)

۲۲) لمس افسانوی مجموعہ

(مہاراشٹر اردو اکادمی کا ایوارڈ)

۲۳) دکھ کا گاوں افسانوی مجموعہ

۲۴) اچھے دن کی آس ڈراموں کا مجموعہ

۲۵) کالا پانی انڈمان کی سیلولر جیل کے پس منظر پر ناول

۲۶) ماضی رنگ تاریخی مونولاگ

۲۷) دان دھرم بچوں کے لیے ڈرامے

۲۸) چار اندھے بچوں کے لیے کہانیاں

۲۹) آخری مغل فل لینتھ مونولاگ

۳۰) گونگا سچ ڈراموں کا مجموعہ

۳۱) ابراہیم گاردی فل لینتھ، تین ایکٹ کا ڈرامہ

۳۲) کھول دو فل لینتھ، تین ایکٹ کا ڈرامہ۔ زیر طبع

۳۳) رام ہرن ناولٹ

۳۴) کاروبار ناولٹ

۳۵) نامراد ناولٹ

۳۶) چلڈرنس فارم ناولٹ (مہاراشٹر اردو اکادمی ایوارڈ)

۳۷) ممد بھائی فل لینتھ، تین ایکٹ کا ڈرامہ۔ زیر طبع

(۳۸)	خلائی سفر	سائنس فکشن کہانیاں (یوپی اردو اکادمی ایوارڈ)	
(۳۹)	ایم مبین کے بچوں کے ڈرامے	بچوں کے ڈراموں کا مجموعہ	
(۴۰)	ڈیجیٹل جنگل	بچوں کی کہانیوں کا مجموعہ	
(۴۱)	ایم مبین کے بچوں کے ناول	بچوں کے ۷ ناولوں کا مجموعہ	
(۴۲)	ایم مبین کے یک بابی ڈرامے	یک بابی ڈراموں کا مجموعہ	زیر طبع
(۴۳)	مشن اوزون	بچوں کے لیے سائنس فکشن	

ہندی

(۱)	یا تنا کا ایک دن	افسانوی مجموعہ (غیر ہندی داں ادیبوں کا قومی ایوارڈ بدست وزیر اعظم اٹل بہاری واجپائی)	
(۲)	اذان	افسانوی مجموعہ	
(۳)	وراثت	افسانوی مجموعہ ر	
(۴)	ریوڑ	ناول (مہاراشٹر ہندی اکادمی کا فکشن کا منشی پریم چند ایوارڈ)	
(۵)	ہلچل	یک بابی مزاحیہ ڈرامے	
(۶)	ادبھوت مانو	بچوں کے لئے ناول، سائنس فکشن	
(۷)	شنی گرہ کے قیدی	بچوں کے لئے ناول، سائنس فکشن ر	
(۸)	انترکش میں کھوئے	بچوں کے لئے ناول، سائنس فکشن ر	
(۹)	سوپر کمپیوٹر کا آتنک	بچوں کے لئے ناول، سائنس فکشن	
(۱۰)	دھرتی پر سنکٹ	بچوں کے لئے ناول، سائنس فکشن	
(۱۱)	مشن جنگل	ناول	
(۱۲)	رہسیہ مے ٹاپو	ناول ر	
(۱۳)	سات عجوبے	کہانیاں	
(۱۴)	ویرو استاد کی ہاسیہ کہانیاں	کہانیاں ر	
(۱۵)	اسٹار وار	کہانیاں	
(۱۶)	عقل کا سودا	بچوں کے لیے ڈرامے	

(۱۷) مفت کی مٹھائی	بچوں کے لیے ڈرامے	
(۱۸) اپرادھی کون	بچوں کے لیے یک بابی ڈرامہ	
(۱۹) گدھے کی چوری	بچوں کے لیے یک بابی ڈرامہ	
(۲۰) سچی دولت	بچوں کے لیے یک بابی ڈرامہ	
(۲۱) انعام نہیں ملا	بچوں کے لیے یک بابی ڈرامہ	
(۲۲) ہزار روپیہ کا نوٹ	بچوں کے لیے یک بابی ڈرامہ	
۲۳) انگوٹھا	ناول	
۲۴) آتم دہن	ناول	زیر طبع
۲۵) بلیک آوٹ	افسانوی مجموعہ	زیر طبع
۲۶) اسپرش	افسانوی مجموعہ	
۲۷) گونگا سچ	ڈراموں کا مجموعہ	
۲۸) شکران گرہ کی ۷ راجکماریاں	سائنس فکشن ناول //	
۲۹) پاگل وگیانک	سائنس فکشن ناول	
۳۰) کھول دو	منٹو کے افسانہ پر سہ بابی ڈرامہ	
۳۱) ممد بھائی	منٹو کے افسانہ پر سہ بابی ڈرامہ	
۳۲) بوڑھا بیمار ہے	افسانوی مجموعہ	

رابطہ :

ایم مبین

۳۰۳۔کلاسک پلازہ تین بتی۔بھیونڈی ۴۲۱۳۰۲،ضلع تھانہ (مہاراشٹر)

موبائل :۔ 9322338918

ای میل :۔ m.mubin2009@gmail.com